Christoph-Maria Liegener

Der Kairos

Die Unvorhersehbarkeit des Lebens

Herstellung und Verlag:
BoD – Books on Demand, Norderstedt
Cover-Bild: Shutterstock

ISBN:
9783756201266

Inhalt

Die Jugend...7

Ein Pechvogel.....................................25

Der Kairos...50

Besserung..65

Ein neues Leben 75

Schorsch 99

Martha 111

Daniel 127

Ben...148

Das Alter 157

Die Jugend

„Will auch buddeln. Gib mir das!", motzte der kleine Roland den noch kleineren Markus im Sandkasten an und nahm ihm die Schippe weg.

„Ute, der Roland hat mit die Schippe weggenommen", plärrte Markus los und die Kindergärtnerin Ute lief herbei, um nach dem Rechten zu sehen. Sie befragte Roland zu dem Vorwurf und der behauptete:

„Ich habe die Schippe zuerst gehabt."

Damit umklammerte er das Corpus Delicti mit beiden Händen und drückte es sich an die Brust. Er machte klar: Kampflos würde er das gute Stück nicht wieder hergeben.

Ute, die keine Lust auf eine körperliche Auseinandersetzung mit dem Jungen hatte, beschränkte sich auf den Versuch, Markus zu trösten und ihn abzulenken. Roland lernte daraus, dass er Erfolg damit hatte, vollendete Tatsachen zu schaffen und diese dann zu verteidigen. In der Welt der Großen werden ganze Kriege auf diese Weise geführt.

Ute gelang es indes, Markus' Aufmerksamkeit auf ein Kaleidoskop zu lenken. Das faszinierte den armen Kerl und bald war er ganz darin versunken, bis Roland ihm auch das wegnahm.

Derartige kleine Rangeleien im Kindergarten trübten Markus' Alltag im Vorschulalter. In der Schule sollte es nicht besser werden.

Schon in der ersten Klasse begann Roland herumzuerzählen, dass keiner Markus mögen würde.

„Den kann keiner leiden", erzählte er allen, die es hören wollten. Und das waren viele. In diesem Alter hören die Jungs auf das, was die anderen sagten, vor allem, wenn es die Stärkeren sind. Und Roland war der stärkste Junge der Klasse. Die Mitschüler wollten mit dem Mainstream

schwimmen und hielten sich von dem ge-
brandmarkten Außenseiter fern. Rolands
Behauptung erwies sich als eine sich selbst
erfüllende Prophezeiung. Markus kannte
zwar den Grund nicht, warum alle ihn
mieden, spürte jedoch, dass etwas nicht
stimmte. Das beeinträchtigte sein Selbstbewusstsein und dadurch kam er tatsächlich nicht mehr so gut mit den anderen aus.
Ein Teufelskreis.

Dann kam der Schwimmunterricht. Der
Lehrer befahl den Schülern, auf einer Rut-
sche ins Becken zu gleiten. Markus, der ein
Stück kleiner war als seine Mitschüler und
noch nicht schwimmen konnte, bekam
Angst.

„Was, wenn ich da nicht stehen kann",
fragte er Susi, eine Mitschülerin, die neben
ihm stand. Er wollte sein junges Leben
nicht jetzt schon verlieren.

Susi, ein nettes Mädchen, antwortete
freundlich:

„Dann ziehe ich dich heraus."

Markus stand unschlüssig am Becken-
rand. Und während er noch überlegte, ob

die kleine Susi wirklich in der Lage wäre, ihn zu retten, kam Roland vorbei und versetzte ihm einen derart kräftigen Stoß, dass er ins Wasser fiel.

Er konnte stehen und ertrank nicht.

„Problem gelöst!", lachte Roland, sprang ebenfalls ins Wasser und tauchte Markus unter. Als der wieder hochkam, schrie er laut um Hilfe und Roland verdrückte sich, bevor der Lehrer etwas bemerkte.

So setzte sich das fort. Roland piesackte Markus immer wieder und nennenswerte Unterstützer fand Markus nicht.

Es wurde jedoch im Lauf der Jahre besser.

In der fünften Klasse tobten die Schüler auf dem Pausenhof herum. Einmal gab es sogar ein Fußballspiel und Markus spielte mit. Die Gruppe Schüler hatte auf dem Pausenhof einen alten Ball gefunden und spielte damit. Genau genommen hatte Markus den Ball gefunden, aber das spielte jetzt keine Rolle mehr. Er hatte ein bisschen mit dem Ball herumgekickt, worauf Gerd ihn gefragt hatte, ob er mitspielen dürfe.

Markus war einverstanden und immer mehr Jungs hatten sich angeschlossen. Roland als der beste Spieler dominierte bald das Geschehen.

Sie waren so in ihrem Element, dass sie das Klingeln überhörten, welches das Ende der Pause ankündigte. Es dauerte nicht lange, bis der aufsichtführende Lehrer auftauchte und sie aufforderte, das Spiel zu beenden. Er fragte, wem der Ball gehöre, und Roland, der ihn gerade hielt, antwortete:

„Mir."

Markus protestierte und gab an, dass er es gewesen wäre, der den Ball gefunden hätte, worauf Roland behauptete:

„Nein, ich habe ihn gefunden."

Der Lehrer hatte keine Lust, die Sache weiter zu verfolgen, da die Schulstunde begann, und verfügte:

„Der, der den Ball hat, behält ihn."

Roland triumphierte und Markus wandte sich enttäuscht ab. So verfestigte sich das Schema in Rolands Verhalten: Er nahm sich, was er wollte, und kam damit durch. Der Trick mit den vollendeten Tatsachen funktionierte immer wieder.

Das war jedoch sofort vergessen, als Markus nach Hause kam. Seine Mutter hatte ein leckeres Mittagessen zubereitet und gemeinsam aß die kleine Familie. Hier hatte Markus seine sichere Zuflucht, hier störte ihn niemand. Seine Eltern liebten ihn und hier konnte er wunschlos glücklich sein. Freunde brachte er nur selten nach Hause. Erstens, weil er kaum welche hatte, und zweitens, weil er die innere Welt seines Heims nicht mehr als notwendig mit der äußeren vermischen wollte.

Trotzdem sollte auch diese idyllische kleine Welt erschüttert werden. Er bekam ein kleines Schwesterchen, Sandra, und freute sich darüber. Öfter ließen die Eltern die beiden Kinder im Kinderzimmer allein, Markus auf dem Fußboden mit seinen Autos spielend und Sandra in ihrem Bettchen schlafend mit eingeschaltetem Babyphon.

An einem dieser Tage geschah es, dass, als die Mutter nach ihrer Tochter sah, diese leblos in ihrem Bettchen lag. In Panik untersuchte die Mutter das Mädchen, nur um festzustellen, dass Sandra tot war. Sie konnte es nicht fassen. Das überstieg ihre Kräfte. Sie schrie laut auf. Dann wurde ihr schwarz vor Augen und sie brach zusammen. Als sie wieder zu sich kam, fragte sie Markus, was geschehen sei. Markus wusste es nicht. Er hatte beim Spielen die Welt um sich vergessen.

Damals war der plötzliche Kindstod noch weitgehend unbekannt. Sandras Eltern erfuhren erst durch die Ärzte davon. Sandra war einfach von allein gestorben. Markus hätte nichts tun können. Die Eltern hatten ihm auch bisher keine Vorwürfe gemacht, da sie die Vorkommnisse nicht verstanden hatten und ihren Sohn nicht zu Unrecht beschuldigen wollten. Jetzt hatten sie Klarheit und Markus hatte nichts damit zu tun.

Trotzdem blieb nicht aus, dass der Junge sich fragte, ob er eine Schuld trüge. Hätte er sich mehr um seine Schwester kümmern müssen? Kinder kommen auf die sonderbarsten Gedanken: War Sandra an fehlender Aufmerksamkeit gestorben? Er fühlte sich schuldig. Das blieb noch eine Weile so, bis er die Sache verdrängte.

In der Schule verhielt Markus sich unauffällig. Seine Leistungen genügten den Anforderungen, das schon – mehr aber auch nicht. Es war ihm genug. Er hatte nicht den brennenden Ehrgeiz, besser als andere zu sein. Die Themen, die ihn interessierten, verfolgte er intensiv, ohne allerdings damit anzugeben. Dazu gehörten unter anderem Physik und Mathematik. Was Markus interessierte, war allerdings nicht der Schulstoff, sondern die aktuellen Entwicklungen in diesen Disziplinen.

In der siebten Klasse begann Roland, seine Mobbing-Clique aufzubauen. Sie tyrannisierten alle Mitschüler, auch Markus – besonders gern Markus. Der entzog sich zunächst, indem er öfter mal zu Hause blieb. Seine Mutter, der er sich anvertraut hatte, schrieb ihm die Entschuldigungen. Danach überlegte er sich Strategien für die Dauer. Dazu gehörte, erst zum Unterrichtsbeginn in der Schule aufzutauchen und in den Pausen in der Nähe des aufsichtführenden Lehrers zu bleiben.

Als braver Schüler bekam er nie Ärger mit den Lehrern – bis auf einen Fall. Die Klasse schrieb eine Klausur in Mathematik und die Lehrer hatten einen Hinweis erhalten, dass ein Schüler einer höheren Klasse einem Schüler aus Markus' Klasse Informationen per SMS mitteilen wollte. Welcher Schüler es war, wussten sie nicht. Da die Handys in der Schule abzugeben waren, beschloss man, die Schüler zu durchsuchen, um festzustellen, wer eines dabei hatte.

Als der Direktor mit einigen Kolleginnen und Kollegen den Saal betrat und alle aufstehen mussten, warf Roland plötzlich Markus das Handy zu. Dieser fing es instinktiv auf und hatte es noch in der Hand, als die Kontrolle begann. Alles sprach dafür, dass er der Schummler war. Er leugnete, konnte aber auch nicht erklären, wie er zu dem Handy gekommen war. Dazu hätte er Roland verpetzen müssen, was trotz aller erlittener Gemeinheiten die Kameradschaft verbot.

Zu seinem Glück konnte er in einer mündlichen Prüfung beweisen, dass er den Stoff beherrschte und einen Täuschungsversuch nicht nötig gehabt hätte. Der Fall wurde als ungeklärt zu den Akten gelegt.

Bei den Schulpartys – damals noch Feten genannt – hielt Markus Abstand zu Roland. Der gehörte nämlich zu jenen merkwürdigen jungen Männern, die sich besser fühlen, wenn sie anderen Schwierigkeiten bereiten. Auf diesen Events wurde viel Alkohol getrunken und es gab ab und zu mal eine Schnapsleiche. Roland machte sich dann einen Spaß daraus, eine Hand des hilflosen Opfers in ein Gefäß mit lauwarmem Wasser zu tauchen und wie blöd zu lachen, wenn der arme Kerl sich dann einnässte. Markus bekam derartige Vorfälle mit und verachtete Roland deswegen. Eingemischt hatte er sich nur ein einziges Mal. Damals hatte er kühn zu sagen gewagt:

„Mach das nicht!"

Darauf hatte Roland nur geantwortet:

„Halt dich da raus, altes Haus! Du willst doch keinen Ärger mit mir kriegen, oder?"

Der unerfahrene Markus hatte mutig seine Stellung behauptet und wiederholt:

„Mach das nicht!"

Nun hatte Roland sich ihm zugewandt und schulterzuckend bemerkt:

„Gut, da du es nicht anders willst ..."

Mit diesen Worten hatte er Markus weggeschubst. Der hatte noch nicht aufgegeben und sich mit dem Mut der Verzweiflung auf Roland gestürzt. Kampferfahrung hatte er nicht gehabt und sich nach kurzer Rangelei einen Kinnhaken eingefangen, der ihn auf die Bretter geschickt hatte.

Zu jener Zeit war es noch üblich, einen Gegner, der am Boden lag, nicht mehr anzugreifen, und selbst Roland hielt sich an diese Regel. Er ließ Markus in Ruhe und malträtierte den betrunkenen Jungen wie beabsichtigt.

Markus dachte sich später, dass diese Eskalation wohl nicht notwendig gewesen wäre; denn die nasse Hose des ursprünglichen Opfers war sicher nicht so schlimm war wie seine eigenen Blessuren.

Seither hatte Markus sich bei solchen Gelegenheiten herausgehalten. Für sein Ego brauchte er es nicht, den Helden zu spielen.

Verpetzt hat er Roland trotzdem nicht ein einziges Mal. Davon hielt ihn ein ungeschriebener Verhaltenskodex unter Schülern ab. Der Kodex galt natürlich nur für die Opfer. Die Täter dagegen hatten keinerlei Hemmungen, in einer Notlage zu petzen.

Er hing jetzt öfter mit Gerd und ein paar anderen Jungs ab. Sie hatten nichts als Unsinn im Kopf. Im Treppenhaus ihrer Schule stand eine ziemlich große Statue aus Bronze, die einen früheren Direktor der Schule darstellte, der wohl sogar die Schule gegründet haben sollte. Er sah genauso aus, wie man sich einen Pauker aus der alten Zeit des Kaiserreichs vorstellt: einfach nur blöd. Die Jungs beschlossen, ihn mit bunten Farben anzumalen, damit er nicht mehr so ernst wirken möge. Damit die Farben nicht so leicht abzuspülen sein mögen, nahmen sie Lacke.

Sie legten die Aktion auf den Nachmittag, weil da die Flure leer waren. Sie hatten trotzdem Pech: Der Hausmeister erwischte sie und konnte sie, auch wenn sie zunächst geflohen waren, später alle identifizieren. Jeder von ihnen erhielt einen Tadel, verbunden mit einer Stunde Arrest. Außerdem mussten die Eltern der Übeltäter für die Beseitigung des Schadens aufkommen.

Roland lachte Markus aus, als er ihn das nächste Mal sah, und meinte:

„Wie kann man sich nur bei sowas erwischen lassen? Jedes Mal, wenn ich so einen Idioten wie dich sehe, muss ich lachen."

Worauf Markus antwortete:

„Wie kannst du dir dann vor dem Spiegel die Haare kämmen?"

Roland dazu:

„Immerhin bin ich noch nie erwischt worden."

Inzwischen interessierte sich Markus auch für Mädchen. Die Tochter seines Zahnarztes hatte es ihm angetan – eine niedliche Blondine in seinem Alter. Gundula hieß sie und arbeitete bei ihrem Vater als Sprechstundenhilfe. Später wollte sie Zahnarzthelferin werden.

Als Markus die Praxis betrat, fragte er Gundula:

„Du machst doch hier die Termine. Könnte ich da nicht auch einen privaten Termin bei dir ausmachen?"

Ihr Vater, Herr Dr. Schinder, der gerade den Raum betrat, meinte amüsiert:

„Um was für einen Termin soll es sich denn dabei handeln?"

„Och, gar nichts. Ist nicht so wichtig", stammelte der ertappte Markus und errötete.

„Na gut. Dann kommen Sie mal gleich mit mir ins Behandlungszimmer!"

Verwirrt folgte Markus dem Zahnarzt und nahm im Behandlungsstuhl Platz.

„Wo tut's denn weh?", fragte Dr. Schinder harmlos.

Markus bezeichnete den schmerzenden Zahn und Dr. Schinder begann sofort zu bohren. Es tat höllisch weh.

„Autsch!", schrie Markus.

Warum hatte der Zahnarzt ihm denn kein Lokalanästhetikum gespritzt, wenn es derart weh tun würde. Das war doch so üblich! Gerade wollte er ihn darauf ansprechen, als der Zahnarzt plötzlich fragte:

„Sind Sie außer Gefahr?"

Markus kannte diesen Satz.

Jeder, der den Film „Der Marathon-Mann" gesehen hat, kennt diesen Satz. Dort sagte ihn der böse Nazi-Zahnarzt immer wieder, während er sein Opfer auf dem Behandlungsstuhl mit dem Bohrer folterte.

Markus hatte den Film mehrmals gesehen und erinnerte sich gut an den Satz.

Drohte ihm jetzt auch Folter mit dem Zahnarztbohrer, weil der Zahnarzt sich über seinen Annäherungsversuch an seine Tochter geärgert hatte? Es gab offenbar keine andere Erklärungsmöglichkeit. Und eine erste Kostprobe von den Schmerzen, die ihm drohten, hatte er ja schon bekommen. Panik ergriff Markus. Er war nicht dazu geschaffen, solche Schmerzen zu ertragen. Kreischend wie am Spieß sprang er aus dem Stuhl und ergriff mit weiten Sätzen die Flucht.

Was hatte bloß Gundulas Vater geritten, diese Show zu veranstalten. Das, was passiert war, konnte doch nicht bloß Zufall gewesen sein?! Schließlich hatte er Markus tatsächlich Schmerzen zugefügt. Und den sinnlosen Satz hatte er doch nicht einfach so dahingesagt! Oder doch? Oder hatte der Vater testen wollen, aus welchem Holz der Bewerber um die Gunst seiner Tochter geschnitzt war? Ob er bereit war, für seine Liebe zu leiden?

Markus sollte es nicht mehr erfahren. Er ging nie wieder zu diesem Zahnarzt und machte auch keine Anstalten mehr, Gundula zu treffen.

Etwas später verliebte Markus sich in Juliana. Sie ging in seine Klasse und kam aus vornehmem Hause, so vornehm, dass ihre Eltern es nicht gern sahen, wenn sie sich mit den Mitschülern abgab.

Das wusste Markus nicht und sprach sie eines Tages an:

„Möchtest du die Hälfte von meiner Banane?"

Und er zog die Frucht aus seiner Tasche. Juliana war keineswegs so hochnäsig, wie man es bei ihrem Elternhaus hätte vermuten können. Sie nahm Markus' Angebot dankend an und die beiden unterhielten sich miteinander. Sie standen öfter in den Pausen beieinander, was auch den anderen nicht entging.

Während die meisten die Privatsphäre der beiden respektierten, missgönnte Roland ihnen ihr Glück. Er hängte ein Schild mit der Aufschrift „Markus liebt Juliana" im Schulflur auf und bewachte es, damit niemand es herunterreißen konnte. Markus versuchte es trotzdem und schon war eine wüste Prügelei mit Roland im Gange.

Der aufsichtführende Lehrer kam herbei und brachte die beiden Streithähne zum Direktor. Der erteilte beiden einen Tadel und benachrichtigte die Eltern, auch die Eltern von Juliana.

Julianas Eltern waren entsetzt und nahmen ihre Tochter von der Schule. Mehr noch, sie wechselten den Wohnsitz. Markus sah Juliana nie wieder.

Roland hatte ihre kurze Romanze sabotiert. Als die Schulzeit beendet war, hoffte Markus, nie wieder auf Roland zu treffen. Er sollte sich geirrt haben.

Ein Pechvogel

Den ganzen Abend saß Markus nun schon am Roulette-Tisch. Es lief schlecht für ihn. Er hatte immer wieder auf Rot oder Schwarz gesetzt. Er glaubte, ein todsicheres System zu haben. Wenn er auf Rot gesetzt hatte, aber Schwarz kam, setzte er einfach den doppelten Betrag noch einmal auf Rot. Wenn wieder Schwarz kam, verdoppelte er abermals und so weiter. Bis Rot kam. Dann konnte sein Einsatz gewaltig angestiegen sein, aber er kam mit einem kleinen Gewinn in Höhe des ersten Einsatzes aus der Sache heraus.

Das erforderte hohe Einsätze und brachte doch kaum etwas. So machte es keinen Spaß. Er setzte versuchsweise einen einzelnen Chip auf die Zahl 12, die in seinem Geburtsdatum vorkam. Die 12 kam! Er gewann 35 Chips. Das war ja leicht! Schade, dass er nur so wenig gesetzt hatte. Er versuchte es noch einmal, indem er den ganzen Gewinn auf der 12 stehen ließ. Es kam 29. Der Gewinn war wieder weg.

Er brauchte eine andere Zahl und nahm die 23. Warum, wusste er auch nicht so genau. Wie beim Schwarz-Rot-Spiel verdoppelte er auch hier wieder den Einsatz. Das ergab bei dieser Strategie zwar keinen Sinn, aber er wollte das Glück zwingen. Es kam 22. Knapp daneben.

Also noch einmal. Es wurde wieder nichts. Markus dachte sich immer neue Zahlen aus und erhöhte den Einsatz immer mehr. Immer verlor er, bis er nur noch Geld für ein letztes Spiel hatte. Er setzte alles auf die 12, die ihm vorher Glück gebracht hatte.

„Dreizehn, schwarz", sagte der Croupier an. Markus wandte sich enttäuscht ab. Er hatte alles verloren.

Dreizehn, die Unglückszahl! Das Unglück verfolgte ihn schon die ganze Zeit. Nie hätte er Roulette spielen dürfen. Roulette war schließlich das Spiel des Teufels, weil alle Zahlen des Roulette zusammengezählt 666 ergaben, die Zahl des Teufels. Das hätte ihm doch eine Warnung sein müssen!

Sein Totalverlust beim Roulette war nur die bislang letzte Station in einer endlosen Folge von Reinfällen, die er in den vergangenen Jahren erlebt hatte. Eine Pechsträhne, wie sie im Buche steht! Wann hatte es angefangen?

Sein Mathematikstudium hatte er noch recht gut absolviert. Und das war ihm gelungen, obwohl er sich in seiner Studienzeit durchaus amüsiert hatte.

Er hatte damals nach der Schule einen neuen Freundeskreis gefunden und eine feste Freundin. Sie hieß Birgit. Eines Tages war seine ganze Clique zu einem Gluppies-Konzert gegangen. Die Gluppies waren eine zu dieser Zeit gerade mega-angesagte Band gewesen. Bei dem Konzert waren sie auf Roland und dessen Clique getroffen. Man hatte sich bekanntgemacht. Vor allem hatte Roland sich für Birgit interessiert – etwas zu sehr. Er hatte sie mit Beschlag belegt und ungeniert mit ihr geflirtet, bis Markus der Geduldsfaden gerissen war. Er hatte Roland angefahren:

„He, mach gefälligst nicht meine Freundin an!"

Der hatte zurückgegeben:

„Nun hab dich nicht so! Ist doch alles ganz harmlos. Oder hast du etwas dagegen, Birgit?"

Damit hatte er Birgit umarmt und ihr einen Kuss auf die Wange gegeben. Birgit hatte gekichert und den Kopf geschüttelt. Markus hatte sie an Roland verloren. Wieder hatte Roland ihm etwas weggenommen.

In der nächsten Zeit hatte er sich wieder stärker auf sein Studium konzentriert.

Das hatte sich positiv ausgewirkt. Er hatte nach seinem guten Studienabschluss eine befristete Forschungsstelle angeboten bekommen und auch angenommen. Somit machte er sich Hoffnung auf eine Universitätslaufbahn. Dieser ersten Stelle war eine weitere befristete Stelle gefolgt und noch eine, aber dann war es nicht mehr weitergegangen. Es hatte einfach keine Anschlussstelle mehr für ihn gegeben. Er hatte auf der Straße gestanden. Von der Hoffnung auf eine Universitätslaufbahn hatte er sich verabschieden müssen.

Aber er hatte den Mut nicht verloren, nach anderen Möglichkeiten gesucht. Mit zwei Kommilitonen hatte er ein Start-up-Unternehmen gegründet. Sie hatten Software für Schülernachhilfe programmiert. Einer von ihnen hatte mal ein Schulpraktikum absolviert und im Programmieren waren sie alle drei sehr erfahren. Die Arbeit war ihnen leicht von der Hand gegangen. Vor allem waren sie ihre eigenen Herren gewesen und hatten sich das auch heraushängen lassen. Eine Zeitlang hatten sie sich wie die Größten gefühlt.

Sie hatten geglaubt, das Geld würde ihnen nie mehr ausgehen, und es mit vollen Händen ausgegeben. Markus hatte an illegalen Pokerrunden teilgenommen, wo er viel verloren hatte. Dort hatte er auch Roland wiedergetroffen. Nicht zu seinem Vorteil. Roland hatte ihn ordentlich abgezockt.

Dazu war es gekommen, als nur noch sie beide im Spiel gewesen waren. Markus hatte ein ganz ordentliches Blatt gehabt und war tapfer mitgegangen. Roland hatte geblufft und war „all in" gegangen. Da hatte Markus der Mut verlassen. Er hatte geglaubt, es finanziell nicht mit Roland aufnehmen zu können. Er hatte gepasst und war sein Geld losgewesen. Etwas unfair war es schon von Roland gewesen, den Gegner einfach mit seiner Finanzkraft zu erdrücken, aber so geht das Spiel. Alles war streng nach den Regeln abgelaufen und Markus hatte sich nicht beschweren können. Zum Schluss hatte Roland dem Verlierer gönnerhaft auf die Schulter geklopft. Höhnisch grinsend und mit vor Selbstzufriedenheit triefender Stimme hatte er den armen Kerl noch ein weiteres Mal gedemütigt:

„Mach dir nichts draus, altes Haus! Gegen mich zu verlieren, ist keine Schande."

Damals hatte Markus endgültig mit dem Pokern aufhören wollen, aber er war immer wieder zu diesem Laster zurückgekehrt. Jedes Mal hatte er den Vorsatz gehabt, diesmal all das zurückzugewinnen, was er bisher verloren hatte, und jedes Mal hatte er noch mehr verloren.

Der einzige Ausweg wäre gewesen, die Verluste zu akzeptieren und mit diesem Kapitel abzuschließen, aber dazu hatte ihm die Konsequenz gefehlt. Statt dessen hatte er in ständiger Geldknappheit gelebt, aber die Fähigkeit entwickelt, das keinen merken zu lassen, während er sich gerade so über Wasser gehalten hatte.

Kurz darauf hatte er Bettina kennengelernt, eine etwas oberflächliche Schönheit. Auf einer Party hatte er sie angesprochen:

„Hallo, ich bin Schriftsteller und schreibe gerade an einem Telefonbuch. Deine Telefonnummer fehlt mir noch.“

Nicht gerade sehr geistreich, aber Bettina war erstaunlicherweise darauf eingegangen und hatte geantwortet:

„Kannst du haben. Bekomme ich dann ein Rezensionsexemplar?“

Und Markus hatte weitergeblödelt:

„Klar. Dazu musst du mir allerdings auch noch deine Adresse geben, damit ich es dir zuschicken kann."

Sie hatten ihre Kontaktdaten ausgetauscht und sich gut unterhalten. Markus hatte gestaunt, wie leicht alles ging. Anscheinend hatte er offene Türen bei Bettina eingerannt. Sie hatte begeistert alle Abenteuer mitgemacht, bis sie verheiratet gewesen waren. Dann hatte sie ihn mit seinem besten Freund betrogen.

Und nicht nur mit ihm hatte sie ihn betrogen. Sie war nicht sehr wählerisch gewesen. Irgendwann war es Markus aufgefallen, dass sie manchmal ganze Nächte weggeblieben war. Er hatte sie gefragt, wo sie jeweils immer gewesen sei, und sie hatte geantwortet, dass sie dann bei einer ihrer drei besten Freundinnen übernachtet hätte. Er könne die drei ruhig fragen.

Nach einer solcher Nacht hatte Markus es dann tatsächlich einmal überprüfen wollen und am Morgen die drei Freundinnen nacheinander angerufen. Jede der drei hatte beteuert, dass Bettina die ganze Nacht bei ihr gewesen sei. Der Fall hätte klarer nicht sein können.

Daraufhin hatte Markus einen Privatdetektiv engagiert und die ganze Wahrheit erfahren.

Im Anschluss hatte er seiner Frau Vorhaltungen gemacht:

„Hast du denn gar keinen Anstand? Betrug in der Ehe ist schon schlimm genug. Aber dann noch mit meinem besten Freund?!"

Bettina hatte ungerührt geantwortet:

„So ein guter Freund kann er ja nicht gewesen sein. Sonst hätte er nicht mitgemacht."

Markus hatte ihr den Geldhahn zugedreht. Sie hatte die Konsequenzen gezogen und ihn verlassen. Eine teure Scheidung war gefolgt.

Das war wohl der Zeitpunkt, wo seine Pechsträhne so richtig begonnen hatte. Schon vorher hatte er ab und zu Pech gehabt, aber ab jetzt war alles richtig schiefgelaufen. Sein Privatleben hatte in Trümmern gelegen und er hatte sich dem Roulette zugewendet.

Das war der Stand der Dinge, als er jetzt am Roulettetisch saß und die 13 gekommen war. Er hatte wieder einmal alles verspielt. Somit befand er sich nunmehr am vorläufigen Tiefpunkt seines Lebens.

Er sollte noch tiefer fallen.

Auch die Firma ging den Bach runter. Markus und seine Freunde hatten sich finanziell übernommen und erlitten schließlich Schiffbruch. Ihr Unternehmen ging pleite.

Seinen Unterhaltsverpflichtungen Bettina gegenüber war Markus schon vorher nur sehr unregelmäßig nachgekommen. Jetzt stellte er die Zahlungen ganz ein. Ein paar Tage später stand Bettina auf der Matte und säuselte:

„Du hast wohl vergessen, mir den Unterhalt zu überweisen."

Dabei entblößte sie zwei Reihen strahlend weißer Zähne. Es sollte wohl ein Lächeln sein, aber ihre Augen lächelten nicht mit. Also ein falsches Lächeln. Markus kannte sie gut genug, um das zu erkennen. Was tun? Er dachte an die alte Volksweisheit:

„Widersprich nie einer Frau. Spätestens in fünf Minuten tut sie es selbst."

Sofort setzte er ein ernstes Gesicht auf und antwortete:

„Sicher, Liebes, ich werde es sofort nachholen."

Darauf konterte Bettina gereizt:

„Vertröste mich nicht! Ich weiß genau, dass du das mit Absicht machst. Tu nur nicht so, als hättest du es wirklich vergessen! Ich weiß es besser."

Gerade mal eine Minute, und schon hatte sie ihrer ersten Aussage widersprochen.

Markus musste schmunzeln. Sollte doch etwas an dem alten Spruch dran sein? Er war kein Sexist und wusste, dass solche Sprüche manchmal als sexistisch gewertet werden. Manchmal zu Recht und manchmal nicht. Sicher gibt es gesellschaftliche Einflüsse, die manche Verhaltensweisen bei Frauen und Männern prägen. Das zu beurteilen, konnte er sich nicht anmaßen. Wenn sich aber Vorurteile über die Eigenheiten von Frauen und Männern entwickelt hatten und angesprochen wurden, so wurden sie doch meist mit einem Lächeln hervorgebracht, um das jeweils andere Geschlecht zu necken. Was sich liebt, das neckt sich. So sah er das.

Er hatte auch kein Problem damit, als seine Ex-Frau einmal fragte:

„Weißt du wozu Männern Bärte wachsen?"

Gutmütig ließ er sich die Antwort präsentieren:

„Damit man das Gesicht vom Hintern unterscheiden kann."

So etwas fand er harmlos. Seine Ex schoss noch einen nach:

„Warum reden Frauen mehr als Männer?"

Er meinte:

„Das habe ich mich auch schon oft gefragt, besonders immer wieder, wenn ich dir zugehört habe."

Nun wurde er belehrt:

„Weil sie den Männern alles zehnmal erklären müssen."

Solche Witze waren ihm am liebsten, Witze, bei denen Frauen und Männer gleichermaßen auf die Schippe genommen wurden.

Selbst wenn bei diesem Witz gleich zwei Halbwahrheiten verbraten wurden, konnten sich alle darüber amüsieren, sowohl Frauen als auch Männer. Er mochte die Frauen und ihre Eigenheiten sehr. Selbst seine Ex-Frau. Auch wenn von ihr ausgenommen worden war wie eine Weihnachtsgans, hegte er keine feindseligen Gefühle ihr gegenüber.

Zu einer Einigung kamen die beiden allerdings trotzdem nicht und so sah man sich vor Gericht wieder. Bettina hatte auf Unterhaltszahlung geklagt, aber die Klage wurde abgewiesen. Er hatte schließlich keine Einkünfte mehr. Da noch etwas einklagen zu wollen, hieße, einem nackten Mann in die Tasche zu greifen. Sinnlos!

Markus konnte kaum glauben, dass nicht auch das noch schiefgelaufen war, aber an der Tatsache, dass da, wo nichts ist, auch nichts geholt werden kann, ließ sich nun einmal nicht rütteln.

Er bekam dennoch vom Gericht die Auflage, wieder Einnahmequellen zu erschließen. Die machten es sich leicht! Als ob er nicht selbst gern Geld verdient hätte! Aber in seinem gegenwärtigen Zustand fand er einfach keine angemessene Arbeit und so weit war er noch nicht, dass er eine Arbeit angenommen hätte, für die er überqualifiziert war.

Als Bettina klar wurde, dass bei ihm nichts mehr zu holen war, suchte sie sich einen neuen Mann, der sie versorgte. Es dauerte nicht lange und sie hatte Erfolg damit. Der arme Kerl war zu bedauern, der sie nun an der Backe hatte! Aber Markus war sie und ihre Ansprüche jedenfalls los.

Das Roulette ließ ihn nicht los. Er lieh sich von Freunden Geld und verspielte es. Einmal war es besonders schlimm: Er war mit Stefan im Casino und brauchte Geld. Also pumpte er Stefan an. Der wollte erst nicht so recht. Er wusste, dass man Spielern nichts leihen darf. Am Ende ließ er sich dann aber doch auf die Bedingung ein, dass Markus es an Ort und Stelle noch zurückzahlen sollte, sobald er etwas gewonnen hätte. Er lieh ihm 2000 Euro, Markus spielte und gewann überraschenderweise tatsächlich.

Stefan wollte sein Geld zurück, aber Markus weigerte sich:

„Ich habe gerade eine Glückssträhne. Da kann ich doch nicht mittendrin aufhören. Hab noch ein bisschen Geduld."

Das war ein Wortbruch, aber Stefan war machtlos und Markus spielte weiter, bis er alles verloren hatte. Markus hatte nicht nur das Geld, sondern auch einen Freund verloren.

Ähnlich geschah es mit anderen Freunden. Markus konnte seine Schulden nie zurückzahlen und niemand wollte ihm mehr etwas leihen.

Das war jetzt die Situation: Frau weg, Freunde weg, Geld weg. Das vervollständigte das Bild. Niemand wollte mehr etwas mit ihm zu tun haben.

Frustriert begann er zu trinken und langweilte sich. Noch einmal zog es ihn zum Poker. Roland begrüßte ihn:

„Hallo, altes Haus! Wie geht's denn immer so?"

Markus nahm die Frage wörtlich und wusste in seiner Depression nicht, wo er mit der Schilderung seines Unglücks anfangen sollte.

Er setzte ein wehleidiges Gesicht auf, seufzte und versank in Selbstleid. Als er daraus wieder auftauchte, hatte Roland sich schon dem Nächsten zugewandt.

Jammervoll nahm Markus Platz und ließ sich sein mühsam noch einmal zusammengekratztes Geld abnehmen. Mit dem Vorsatz, nun wirklich und endgültig nie mehr zurückzukehren, verließ er die Pokerrunde.

Zu Hause kam sein alkoholbenebeltes Hirn auf eine schwachsinnige Idee. Er stolperte gerade über einen sehr großen lichtundurchsichtigen Plastiksack, der in seinem Wohnzimmer auf dem Boden lag.

„Blöder Sack!", schimpfte er und warf ihn über die Stehlampe, die er anschaltete. Aus Neugier löschte er das Oberlicht. Es war dunkel.

„D-Das i-ist ja tatsächlich licht-un-dicht-undurchlässig …", stammelte er.

Woher er diesen Sack hatte, wusste er nicht mehr, was er damit machen wollte, zuerst auch nicht. Dann hatte er einen Geistesblitz: Was, wenn er den Sack über die Verkehrsampel an der Ecke werfen würde. Dann würde keiner mehr sehen könne, ob sie Grün oder Rot zeigte. In seinem Zustand hielt er das für lustig und wollte es ausprobieren.

Die Aktion gelang ihm tatsächlich und er beobachtete mit starrem Blick die unbrauchbar gewordene Ampel. Die Straße war noch recht gut befahren und es dauerte nicht lange, bis es zu einem Unfall kam. Eine der sich kreuzenden Straßen war eine Vorfahrtsstraße und der Fahrer des Mercedes, der auf ihr fuhr, glaubte, bei ausgeschalteter Ampel Vorfahrt zu haben. Der auf der anderen Straße ankommende BMW sah eine funktionierende Ampel, die ihm Grün anzeigte. Kawumm – schon hatte es gekracht.

Glücklicherweise wurde niemand verletzt, aber es entstand erheblicher Sachschaden. Markus war von Anwohnern beobachtet worden und wurde zur Verantwortung gezogen. Er hatte Glück und bekam nur eine Geldstrafe. Die hatte es allerdings in sich. Hinzu kam die Regulierung der Sachschäden, für die natürlich seine Versicherung nicht aufkam.

Er musste Schulden machen, da er über keine Geldreserven mehr verfügte. Da er keine Sicherheiten vorweisen konnte, lieh ihm die Bank nichts. Da beging er die nächste Dummheit. Er lieh sich Geld von Leuten, von denen man sich kein Geld leihen sollte. Er ging zu einem Kredithai namens Kloppke. Der lieh ihm das Geld zu einem horrenden Zinssatz. Natürlich konnte Markus es nicht zurückzahlen. Dafür zertrümmerten Kloppke und seine Leute ihm einen kleinen Zeh und drohten wiederzukommen.

Markus sah keine Möglichkeit mehr, aus dieser Misere hinauszukommen. Wenn er nicht zahlte, würden sie ihn weiter quälen und am Ende umbringen. Das konnte er auch abkürzen und sich gleich selbst umbringen. Dann vermied er wenigstens die kommenden Schmerzen. Er besorgte sich eine Makarow und ging in den Park. Als er sich den Lauf in den Mund steckte, wurde ihm die Waffe aus der Hand gerissen. Kloppke und seine Männer hatten ihn im Auge behalten. In dieser Phase verhielten sich viele ihrer Schuldner so. Das konnten die Gläubiger nicht zulassen; sonst würden sie ihr Geld nie wieder sehen. Da passten sie auf.

Kloppke knöpfte ihn sich vor:

„Hör mal zu, Freundchen: So billig kommst du uns nicht davon. Besorg gefälligst das Geld! Warum holst du es nicht von deinen Eltern?"

„Das möchte ich nicht", erwiderte Markus. „Sie sollen mich in guter Erinnerung behalten."

„Quatsch nicht rum", beharrte Kloppke. „Wenn du nicht mit deinen Eltern sprichst, werden wir es tun. Wir können das Geld auch bei ihnen eintreiben."

Nun blieb Markus keine Wahl mehr, als sich an seine Eltern um Hilfe zu wenden. Er hatte ihnen das nicht antun wollen, da sie immer so große Hoffnung in ihn gesetzt hatten. Jetzt musste er in den sauren Apfel beißen. Aber er hatte Glück: Sie verziehen ihm und konnten ihm aus der Patsche helfen, indem sie all ihre Ersparnisse opferten. Das taten sie gerne, obwohl sie sich nun Sorgen um ihre eigene Zukunft machen mussten. Markus hatte ein schlechtes Gewissen deswegen, aber er hatte keine Alternative und musste ihr Opfer annehmen.

Die Sorgen um seine Eltern erübrigten sich indes bald; denn beiden Eltern starben kurz nacheinander. Sein Vater erlitt einen Unfall und seine Mutter wurde schwer krank. Bevor sie starb, segnete sie ihren Sohn noch auf ihrem Totenbett. Sie markierte auf seiner Stirn ein Kreuz mit ihrem Daumen und sprach:

„Gott segne dich, mein Junge!"

Markus, der sich schon ewig nicht mehr um Religion gekümmert hatte, spürte, dass dies seiner Mutter sehr wichtig war, und nahm den Segen still und dankbar hin. Sie sagte noch:

„Ruf mich, wenn du mich brauchst!"

Das verstand er nicht. Wie sollte er sie rufen, wenn sie tot war. Er lächelte sie nur an und nickte stumm. Dann umarmte er seine Mutter ein letztes Mal und sie starb in seinen Armen

Seine Pechsträhne setzte sich fort. Er entwickelte ein Ekzem in seinem Gesicht. Die Ursache ließ sich nicht feststellen. Womöglich spielten psychische Gründe eine

Rolle. Ansteckend war die Krankheit nicht, aber das wussten die Leute nicht, denen er begegnete. Alle machten einen großen Bogen um ihn.

Es kommt immer alles auf einmal.

Markus war mit dem Auto unterwegs, als ihn ein anderer Wagen schnitt. Das wollte er sich nicht gefallen lassen und überholte seinerseits den anderen Wagen. Der wiederum wechselte abermals auf die linke Spur, um es Markus zu zeigen. Dieser beschleunigte und so rasten die beiden Fahrzeuge nebeneinander dahin, bis sie an einer roten Ampel zum Stehen kamen.

Der andere Fahrer sah grimmig zu Markus hinüber und der starrte zurück. Er fragte sich, ob der andere auch so ein Pechvogel war wie er und daher so überreagierte. Unwillkürlich musste er lächeln. Der andere hielt das für ein höhnisches Grinsen, sprang aus seinem Auto und lief um seinen Wagen herum zu Markus' Fahrertür. Offenbar wollte er handgreiflich werden. Fast hatte er Markus' Fahrertür erreicht, da sprang die Ampel auf grün und Markus fuhr sofort los.

Sein Widersacher stand einen Augenblick verdutzt da, dann stürzte zu seinem Auto zurück, startete ebenfalls und jagte Markus hinterher. Sein Wagen war schneller und er holte Markus ein. Mit voller Wucht rammte er ihn und warf ihn aus der Bahn. Markus landete im Straßengraben und sein Gegner rauschte davon. Das Kennzeichen hatte Markus sich so schnell nicht merken können. So blieb er auf seinem Schaden sitzen, und das in einer Situation, da er kein Geld hatte.

Nun hatte er niemanden mehr, an den er sich wenden konnte. Die Welt wollte nichts mehr mit ihm zu tun haben. Markus reagierte wie ein trotziges Kind: Wenn die Welt nichts mehr mit ihm zu tun haben wollte, so wollte er auch nichts mehr mit der Welt zu tun haben. Er kapselte sich ab, wurde zum Einzelgänger.

Als ob er nicht schon genug Unglück gehabt hätte, erhielt er auch noch eine niederschmetternde Diagnose: Darmkrebs. Es bestünde allerdings Hoffnung, wenn er sich schnell operieren ließe, wurde ihm mitgeteilt.

Er ignorierte das. Das wäre schon nicht mehr nötig, sagte er sich. Was solle er noch hier auf dieser Erde?

Das Unglück war über ihm zusammengeschlagen, überflutete ihn und keiner half ihm. Nie hatte er eine entsprechende Widerstandskraft entwickelt und so brach er zusammen, erlitt einen Nervenzusammenbruch. In seiner Schockstarre begab er sich nicht in Behandlung, so dass sich sein Zustand weiter verschlimmerte.

Leider hatte er in seinem bisherigen Leben zu sehr auf materielle Dinge gesetzt. Es war ihm nie klar geworden, dass all das, was er bisher erstrebt hatte, nur Schall und Rauch war. Nie hatte er die wahren Werte gesucht und gefördert, die auch er besaß wie alle Menschen. So schien ihm in seinen Augen nichts zu bleiben.

Er stand am Abgrund.

Das Wetter unterstützte ihn auch nicht gerade. Der erste Schnee des Winters taute zur Zeit wieder – ein Sinnbild des Verfalls: all die schönen Schneeformen schmolzen dahin, die weiße Pracht wich einem schmuddeligen Grau. Der Himmel bezog sich und Regen setzte ein.

Markus' psychische Störungen wuchsen sich zu einer echten Depression aus. Düstere Schwaden umwehten sein Gemüt und verdunkelten seine Gedanken. Ging es ihm auch vorher schon schlecht, so verlor er jetzt jede Hoffnung, dass es ihm je besser gehen würde. Die so wichtige Hoffnung, das winzige Lichtlein am Ende des Tunnels, sie fehlte. Alles erschien ihm schwarz in schwarz. Es würde sich nie mehr bessern, glaubte er. Er konnte es nicht länger ertragen. Schluss mit dem Trauerspiel!

Der Kairos

Markus wollte sich umbringen. Sein Entschluss stand fest. Heute am Heiligabend sollte es geschehen. Er würde den Abend allein verbringen. Seine Eltern waren ja nicht mehr da und Geschwister hatte er nicht mehr. Frau, Freunde und Bekannte waren ebenfalls weg. Er erwartete nichts mehr vom Leben. Dieses Fest der Familie allein zu verbringen, machte ihm deutlich, wie einsam er war. In der Tat: nicht nur allein, sondern wirklich einsam. Seine Gefühlslage brachte es mit sich, dass er das Alleinsein nicht positiv nutzen konnte, sondern sich verloren fühlte.

Wieder hatte er sich eine Makarow besorgt, die er für seinen Suizid benutzen wollte, und trug sie bei sich. Die Waffe war nichts Besonderes, aber er brauchte sie ja nur für einen einzigen Schuss. Natürlich war sie für mehrere Schüsse geladen. Man weiß ja nie. Bei seinem Pech würde er womöglich beim ersten Mal danebenschießen.

Von seinem vorletzten Geld hatte er sich bereits ein Flugticket nach Portugal gekauft. Dort würde er mit dem Meer eine schöne Kulisse für seinen Selbstmord haben. Für seinen Abgang wünschte er sich einen schönen Ort. Auch sollte die Tat etwas von einem Abschied haben. Er würde sie während eines malerischen Sonnenunterganges begehen. Alles war beschlossen und vorbereitet. Nur: Wie sollte er die Waffe mit an Bord des Flugzeuges nehmen? Er würde nie durch die Sicherheitskontrollen kommen. Das hätte er sich vorher überlegen sollen. So einfach würde es nicht klappen.

Er erwog eine Ersatzlösung: Er könnte von der Aussichtsplattform den Start des Flugzeugs beobachten. Dann, wenn es in den Wolken entschwand, würde er sich erschießen. Das könnte auch ein ganz schöner Abgang sein. Und überhaupt: Es kam doch gar nicht mehr darauf an!

Entschieden hatte er sich noch nicht endgültig, welcher Tod es sein sollte. Er hatte sich die Bordkarte bereits besorgt, als er sich seine Gedanken machte. Nun ging er schon mal in Richtung Gate, zögerte aber dann noch. Natürlich konnte er immer noch fliegen, wenn er wollte. Er brauchte nur die Waffe, die sich in ein Tuch gewickelt in seiner Manteltasche befand, unauffällig in den Abfalleimer werfen, der da am Weg stand. An seinem Zielort könnte er sich leicht eine neue Waffe besorgen. Er hielt vor dem Abfalleimer an und überlegte. Wie wollte er am liebsten sterben? Eigentlich war es ihm egal. Wenn es ginge, würde er sich einfach selbst in den Abfalleimer werfen. Hauptsache, es wäre endlich Schluss!

Trotzdem musste er sich entscheiden. So etwas mochte er eigentlich gar nicht. Entscheidungen fielen ihm schwer. Außerdem machte es wie gesagt seiner Meinung nach keinen großen Unterschied mehr. Fliegen mochte er grundsätzlich nicht so recht. Früher hatte er immer Flugangst gehabt. Das entfiel jetzt, da er sowieso sterben wollte. Aber er wollte sich die letzten Augenblicke seines Lebens nicht unnötig unangenehm gestalten.

Er schloss die Augen und glaubte seine Eltern zu sehen. Gütig sahen sie ihn an.

„Mama!", stieß er halblaut hervor.

Auf einmal verschwamm die Umgebung vor seinen Augen, als ob er ohnmächtig werden würde. Aber er blieb stehen. Seine Mutter stand plötzlich vor ihm und blickte ihn liebevoll an. Sie sah aus, wie sie vor ihrer Krankheit ausgesehen hatte. Sanft strich sie ihm über die Haare und sagte:

„Sei glücklich, mein Junge!"

Dann hob sie die Hand zum Abschied mit den Worten:

„Wir sehen uns im Licht."

Eine tiefe innere Ruhe durchströmte ihn. Auf einmal sah er die Welt gelassener, auch wenn er nicht alles verstand. Was war mit dem Licht gemeint und wie sollte er glücklich sein, wenn er sich umbringen wollte? Der gutgemeinten Anweisung zu folgen, glücklich zu sein, schien ihm in seiner gegenwärtigen Lage unmöglich, aber zumindest konnte er es ansatzweise versuchen, indem er den angenehmeren Weg wählte. So entschied er sich fürs Dableiben. Einfach nur so, wahrscheinlich, weil es die bequemere Lösung versprach.

Und schon war seine Mutter wieder verschwunden. Hatte er sich ihre Erscheinung nur eingebildet? Alles hatte sich so echt angefühlt und eine neue Kraft hatte ihn bei ihren Worten durchströmt. Ob die Erscheinung real war oder nicht, sie hatte Wirkung auf ihn gehabt.

Dies war ein Kairos, wie die Griechen einen günstigen Augenblick nannten, der das ganze Leben wenden kann. Markus merkte nichts davon. Es würde sich erst im Verlauf zeigen, dass hier eine Weichenstellung erfolgt war. Für ihn verstrich der Augenblick, ohne dass er etwas anderes spürte als die Nachwirkungen seines Traumbildes. Das allerdings gab ihm ein gutes Gefühl. Er glaubte, dass er nach dieser Erscheinung nur noch richtig handeln könne.

Er kehrte also um und ging zum Aussichtspunkt des Flughafens. Heute war dort fast alles leer.

Noch zweimal war er aufgerufen worden, aber dann wurde der Flug freigegeben. Das Flugzeug rollte zur Startbahn, beschleunigte und hob ab. Markus sah zu und griff nach der Pistole in seiner Tasche, umklammerte sie krampfhaft. Der Augenblick nahte, da er sich erschießen wollte. Er hatte es sich nicht so schwer vorgestellt, aber da musste er jetzt durch. Das Flugzeug stieg steil in den Himmel. Als es etwa dreihundert Meter hoch war, näherte sich ein zweites Flugzeug, das sich im Landeanflug befand. Die beiden befanden sich auf Kollisionskurs. Alles ging rasend schnell. Schon prallten die beiden Flugzeuge aufeinander, bohrten sich ineinander und explodierten in einem gewaltigen Feuerball. Die brennenden Trümmer stürzten zur Erde. Das konnte keiner überlebt haben.

Markus starrte reglos mit offenem Mund auf die Katastrophe. Wie hatte es dazu kommen können? Unglaublich!

Wenn Markus an Bord gewesen wäre, hätten sich seine Selbstmordpläne erledigt. Er wäre mit den anderen gestorben und fertig. So aber wurde er nachdenklich: Diese Leute an Bord des Flugzeugs hatten leben wollen und waren gestorben – er hatte sterben wollen und lebte. Das war doch nicht gerecht! Er hätte gern mit einem von ihnen getauscht. Das Ereignis der Explosion war Schicksal; er hätte es nicht beeinflussen können, aber wenn er an Bord gewesen wäre, hätte er alles hinter sich gehabt, ohne etwas dafür tun zu müssen. Das hätte es ihm sehr erleichtert. Offenbar hatte er sich vorhin falsch entschieden. Oder nicht? Er wusste nicht mehr genau, ob er es nach dem Erlebten wirklich fertigbringen würde, sich zu erschießen, ob er überhaupt noch sterben wollte.

In der Tat war sein Entschluss, sich zu töten, ins Wanken gekommen. Bei so vielen verlorenen Menschenleben konnte er doch nicht ein weiteres sinnlos vergeuden! Diesen Leuten war ihr Leben gegen ihren Willen genommen worden und er wollte seins verächtlich wegwerfen? Das gehörte sich irgendwie nicht! Er steckte die Pistole, die er schon hervorgeholt hatte, wieder in die Tasche.

Er war gerade dem Tod von der Schippe gesprungen, ohne es zu wollen. Das Leben war ihm wiedergeschenkt worden. Vielleicht spielte der Segen seiner Mutter eine Rolle. Ein unerwünschtes Geschenk darf man doch nicht einfach so ablehnen, zumal, wenn es wirklich von seiner Mutter gekommen wäre!

Mit seiner Entscheidung, nicht zu fliegen, hatte er sich – ohne es in dem Augenblick zu wissen – für das Leben entschieden. Fliegen hätte den Tod bedeutet, Bleiben das Leben. Er hatte zwischen Leben und Tod gewählt und sich blindlings für das Leben entschieden. Das bedeutete doch etwas! Genauso irrational wie vorige Entscheidung für den Tod war die jetzige für das Leben.

Noch etwas kam hinzu: Ihm war jetzt das Leben ein zweites Mal gegeben worden. Das konnte er nicht ablehnen. Das erste Leben, das er bei der Geburt erhalten hatte, wollte er zurückgeben, weil er immer nur Pech gehabt zu haben glaubte. Dies zweite, jetzt erhaltene, hatte mit einem Glücksfall für ihn persönlich begonnen.

Sehr viele Menschen hatten in diesem Moment ein großes Unglück erlitten, von dem er verschont geblieben war. Vielleicht sollte er von jetzt an Glück haben? Das müsste er probieren.

So entfaltete sich der Kairos. Dabei war es schon merkwürdig, dass sein Glück mit einem so großen Unglück zusammenhing. Bedeutete sein Glück einfach nur das Vermeiden von Unglück? Nein, so einfach konnte es nicht sein. Es geschah etwas mit ihm, das seine ganze Persönlichkeit änderte.

Das Unglück hätte es unabhängig von ihm und seiner Entscheidung gegeben, aber im Rahmen dessen, was da geschah, hatte er Glück gehabt. Glück im Unglück? Durfte das Unglück des einen das Glück des anderen begründen? Wie kann ein Mensch glücklich sein, wenn so viele Menschen an seiner Stelle sterben? Die Wege des Herrn sind unergründlich, sagt man, wohl in Anlehnung an den Römerbrief des heiligen Paulus. Es steht uns Menschen nicht zu, Schicksale gegeneinander aufzurechnen.

So viel Gutes könnte Markus gar nicht tun, um seine Bevorzugung zu rechtfertigen. Aber darum geht es nicht. Keiner weiß, warum etwas geschieht, das keiner will. Manches müssen wir einfach akzeptieren.

Markus bedauerte die vielen Toten und spürte dabei, dass er noch lebte. Er begriff, dass sein Leben ein Geschenk war.

Er beschloss, sich vorläufig nicht zu töten.

Erst einmal würde er nach Hause gehen.

Dichter Schneefall hatte eingesetzt. Durch das Schneegestöber leuchteten die Laternen wie ferne Lichter. Gab es etwa doch so etwas wie Hoffnung? In Gedanken versunken stapfte er durch den Schnee in die Stadt zurück. Unter anderen Umständen hätte er sich vielleicht über das Wetter gefreut: weiße Weihnachten! Das wünscht sich doch fast jeder! Aber so, wie die Dinge lagen, störte ihn die Kälte und sein Blick haftete am Boden, statt ins Schneegestöber zu schweifen.

So sah er dafür jetzt den schon halb zugeschneiten Aktenkoffer, den jemand verloren haben musste. Um zu wissen, ob er ihn abgeben müsste, öffnete er ihn. Er war bis zum Rand mit Bündeln von Geldscheinen gefüllt. Ja, er würde ihn wohl abgeben müssen, und zwar nicht beim Fundbüro, sondern bei der Polizei. Die Sache roch nach Illegalität. Am Flughafen gab es eine Polizeistation und, da er noch nicht weit vom Flughafen entfernt war, beschloss er, dorthin zurückzukehren.

Im Dienstzimmer der Polizeiwache hielten sich zu der Zeit vier Beamte auf, die aufblickten, als er eintrat, und ihn musterten. Magisch zog es Markus zu einer jungen hübschen Polizistin mit sportlichen Haarschnitt. Schwarze Haare harmonierten mit dunklen Augen. Sie hatte seinen suchenden Blick aufrichtig erwidert, lächelte ihn freundlich an und machte eine einladende Geste zu dem Platz am Schalter, wo sie stand. Wie konnte das sein? Wie konnte sie ihn so anstrahlen, ihn, der so missgestaltet im Gesicht war. War sie kurzsichtig? Er trat vorsichtig näher und sie begrüßte ihn mit den Worten:

„Hallo, was kann ich für Sie tun?"

Immer noch war sie gutgelaunt. Kurzsichtig war sie offenbar nicht. Sollte es so etwas noch geben – einen Menschen, der ihm offen begegnete?

Er erwiderte ihren Gruß höflich und schilderte ihr sein Problem mit dem gefundenen Koffer. Sie nahm seine Personalien auf und versprach, Nachforschungen anzustellen. Frau Schulz, so hieß die nette Polizistin, versprach ihm zum Schluss:

„Der Koffer wird jetzt auf Fingerabdrücke untersucht. Wenn keiner Ansprüche anmeldet und sich kein Hinweis auf einen Zusammenhang mit einer Straftat ergibt, wird der Koffer in Ihren Besitz übergehen. Warten Sie einfach ab!"

Viel Hoffnung auf den Erhalt des Koffers machte sich Markus nicht, aber er hatte seine Pflicht getan. Er kehrte in den schäbigen Raum zurück, den er seine Wohnung nannte.

Es klingelte und eine Nachbarin stand vor der Tür, um ihm frohe Weihnachten zu wünschen. Markus bedankte sich brav und wünschte auch ihr ein frohes Fest. Die Nachbarin informierte ihn noch, dass im Gemeinschaftsraum des Wohnblocks eine kleine Weihnachtsfeier stattfände und er wie alle Mitbewohner herzlich eingeladen sei.

Markus versprach, es sich zu überlegen, ging aber nicht hin. Ihm war nicht nach Feiern zumute. Lieber badete er noch ein wenig in seinem Selbstmitleid. Als er da so in seinem Kabuff saß, wurde ihm klar, dass es eigentlich keine Selbstverständlichkeit war, sich in einem beheizten Raum zu befinden. Draußen herrschten Minustemperaturen und manch ein Obdachloser hätte gern mit ihm getauscht. Und er hatte sogar noch Geld für Nahrung!

Wieder einmal schöpfte er Kraft aus der Erkenntnis, wie gut es ihm im Vergleich zu anderen ging.

Für sein Schicksal dankbar zu sein, widerstrebte ihm zwar und doch erkannte er etwas Merkwürdiges. Nur weil er aus großer Höhe abgestürzt war, fühlte er sich jetzt gescheitert. Wäre er von ganz unten dahin gekommen, wo er jetzt war, würde er sich über das Erreichte freuen. Wie völlig subjektiv die Beurteilung der eigenen Situation doch war!

Er legte sich auf seine Matratze und versuchte, die guten Momente seines Lebens Revue passieren zu lassen. Es gab sie, diese guten Momente: Schöne Zeiten, die er mit seinen Eltern verbracht hatte, das Kennenlernen seiner Frau, auch wenn sie jetzt die Ex war, die erste Zeit mit ihr, Erlebnisse mit seinen Freunden, auch wenn er diese im Nachhinein verloren hatte, Anfangserfolge mit seiner Firmengründung, bevor dann alles schiefging. Schließlich schlief er ein.

Am nächsten Morgen beschloss er, spazieren zu gehen. Er musste ein gutes Stück laufen, bevor er sich in der Natur befand. Hier war alles schneebedeckt und friedlich. Er entwickelte sogar etwas wie Weihnachtsstimmung, betrachtete den unberührten Schnee mit Ehrfurcht und beschloss, dem Leben noch einmal eine Chance zu geben.

Besserung

Mit der Zeit besserte sich sein gesamter Zustand, sowohl psychisch als auch physisch. Sogar das Ekzem im Gesicht verschwand wieder. Woher es gekommen war und warum es jetzt wieder verschwunden war, wusste er nicht. Musste wohl psychosomatisch sein. Er konnte sich nunmehr wieder unter Menschen wagen und sein Selbstbewusstsein kehrte langsam zurück. Er fühlte sich besser.

Irgendwann bekam er Post von Frau Schulz: Der Koffer wäre freigegeben worden und er könne ihn nun abholen. Also ging er hin.

Frau Schulz übergab ihm den Koffer und bot an, ihn als Polizeischutz zu begleiten, damit er nicht überfallen würde. Immerhin enthielt der Koffer 1,8 Millionen Euro.

Markus glaubte zwar nicht, Polizeischutz nötig zu haben, da er noch die Makarow besaß, sagte aber nichts davon, sondern nahm dankend an. Frau Schulz war ihm sehr sympathisch und er freute sich über ihre Gesellschaft. So brachte er das Geld in ihrer Begleitung zur Bank. Anschließend wagte er, Frau Schulz zu fragen, ob er sie zum Essen einladen dürfe. Die Frage entschlüpfte ihm ohne lange Überlegung. Er fand Frau Schulz einfach nett und fühlte sich in ihrer Gesellschaft wohl. Warum also das nicht noch ein wenig ausdehnen?

Diese willigte überraschenderweise ein und sie hatten so etwas wie ein erstes Date. Frau Schulz musste tatsächlich eine gewisse erotische Anziehungskraft auf Markus ausgeübt haben. Ob sie das nun gewollt hatte oder ob die Natur ihr das mitgegeben hatte, wusste sie wahrscheinlich selbst nicht. Die meisten Frauen haben dieses gewisse Etwas, das auf Männer wirkt. Sie können es zwar zu einem gewissen Maß beeinflussen, aber zu einem gewissen Maß verselbstständigt es sich auch. Meist ist es ein Wechselwirkungsprozess. So auch hier: Frau Schulz hatte Antennen, die ihr sagten, dass sie auf Markus wirkte, und das gefiel ihr. In dem Moment wurde Markus für sie attraktiv und interessant und ihre erotische Ausstrahlung schaltete sich ein. Markus indes verspürte die Anziehungskraft, die von Frau Schulz ausging und Gefühle bei ihm weckte, die er irgendwann gekannt, aber längst vergessen hatte, die er aber jetzt, da sie wiederkehrten, freudig willkommen hieß.

Dieser Prozess ist nur der Beginn der gegenseitigen Zuneigung und er ist sensibel. Hakt es hierbei irgendwo, wird der Prozess unterbrochen. Sicher hat die Evolution den Menschen diesen Prozess geschenkt, aber es geschieht doch mehr, als die Natur uns mitgeben kann. Die Menschen ändern sich im Lauf des Prozesses, entwickeln sich zu denen, die sich lieben, kommen sich näher. Die innige Verbundenheit, die Liebe entwickelt sich. Das lässt sich irgendwann nicht mehr steuern. Es ist ein Segen, wenn es gutgeht, ein Fluch, wenn es schiefgeht. Dieses Geschenk kommt allerdings von einer höheren Macht als der Natur. Man kann Gott dafür danken, wenn man religiös ist, ansonsten kann man es auch einfach nur dem Schicksal zuschreiben. Markus und Frau Schulz wurden dieses Geschenkes teilhaftig und tauchten gemeinsam ein in das wundervolle Reich der Liebe.

Bald duzten sich Markus und Angelika – so hieß Frau Schulz mit Vornamen – und wussten fast alles voneinander.

Kurz gesagt: Die beiden verliebten sich ineinander. Eines Abends, als Markus sie wieder einmal nach Hause gebracht hatte, neigte er sich vor, als ob er ihr etwas ins Ohr flüstern wollte. Sie jedoch wandte ihm ihr Gesicht zu, so dass sie sich ganz nah waren. Sie sahen sich tief in die Augen und dann kam es zu ihrem ersten Kuss, aus dem sie sich gar nicht mehr lösen konnten.

Diese Schmuserei wurde Teil ihres allabendlichen Abschiedsrituals.

Sie verbrachten viel Zeit miteinander und es war ihnen beiden klar, dass sie zusammengehörten.

Markus hatte inzwischen wieder Freunde gefunden. Auch hatte er all die alten Freunde, denen er noch Geld schuldete und die sich von ihm ferngehalten hatten, ausfindig gemacht und zahlte ihnen das geliehene Geld zurück. Die meisten von ihnen hatten nicht mehr damit gerechnet und manche von ihnen verziehen ihm jetzt sogar seine vorherige Schwäche. Einem von ihnen, Florian, erzählte er mehr und vertraute ihm an:

„Diese Angelika hat mich voll erwischt. Ich habe Schmetterlinge im Bauch."

„Dass du dir mit Insekten den Bauch vollschlägst! Ich würde die Viecher nicht essen können", gab jener lachend zurück. „Aber ich wünsche dir viel Glück mit Angelika."

Das erfüllte sich. Markus und Angelika erlebten glückliche Tage. Sie genossen ihre gemeinsame Zeit.

Angelika hatte eine Freundin, die aus irgendeinem Grund noch keinen Mann abbekommen katte. Sie hieß Lucy und war eigentlich recht hübsch. Markus wiederum hatte einen Freund, Albert, der noch Junggeselle war, es aber lieber nicht mehr gewesen wäre.

Wie es so geht, beschlossen Angelika und Markus, ihre Freunde Lucy und Albert miteinander zu verkuppeln.

Sie luden die beiden zu einem Vierer-Abendessen ein und hofften, dass sich etwas entwickeln würde. Im Anschluss ans Essen plauderten sie noch über dies und das, bis das Gespräch darauf kam, dass Lucy eine eineiige Zwillingsschwester Linda gehabt hatte, die bei einem Flugzeugunglück gestorben war.

Angelika erinnerte sich noch gut an diesen Tag. Sie stieß hervor:

„Was für ein merkwürdiger Zufall: Das war der Tag, an dem ich Markus kennengelernt habe."

Nun half alles nichts. Markus musste erzählen, was er an jenem Tag erlebt hatte. Normalerweise hätte er von seinem Beinahe-Suizid nicht erzählt, aber bei so einer Schicksalsfügung fühlte er sich verpflichtet, aufrichtig zu sein.

Lucy blickte ihn starr an und keuchte:

„Linda wäre beinahe nicht mitgeflogen, da der Flug überbucht war. Aber dann ist in letzter Sekunde ein Platz freigeblieben und sie hat ihn bekommen. Das muss dein Platz gewesen sein. Linda ist an deiner Stelle gestorben!"

„Das tut mit furchtbar leid", entgegnete Markus. „Ich konnte das nicht wissen. Sonst wäre ich sicher geflogen."

Er konnte es nicht fassen, wieder schuldig zu sein am Tod eines Menschen. Schon am Tod seiner Schwester Sandra hatte er sich schuldig gefühlt. Das war jetzt plötzlich alles wieder da und stürzte auf ihn ein. Und nun war er auch noch an Lindas Tod schuldig. Es schien sein Schicksal zu sein, immer wieder schuldig zu werden. Auch in vielen harmloseren Fällen hatte er Schuld auf sich geladen. Er musste an die Erbschuld denken. Einerseits tröstete ihn das, weil ja die ganze Menschheit diese Schuld trug, andererseits sollte sie doch durch Jesus von der Menschheit genommen worden sein. Nur er wurde immer wieder schuldig. Er musste schlechter sein als die anderen. Weinend schlug er die Hände vors Gesicht.

Lucy tröstete ihn:

„Du kannst nichts dafür. Linda ist das Leben genommen worden, das dir geschenkt wurde. Das ist höhere Gewalt. Sei dankbar und lebe für sie mit!"

Dann umarmte sie ihn, als wäre er ihr Bruder. Dazu meinte sie:

„Da du jetzt das Leben meiner Schwester lebst, bist du fast so etwas wie ein Bruder für mich."

„Das wiederum ist etwas Positives in all dem Negativen", konstatierte Markus. „Ich hatte seit dem Tod meiner Schwester immer Sehnsucht nach einer Schwester gehabt."

Es stellte sich heraus, dass Lucy und Linda ausgesprochen schöne Kinder gewesen waren. Diese Schönheit in Verbindung mit ihrem Auftreten zu zweit hatte dazu geführt, dass jeder, der sie sah, lächeln musste und freundlich zu ihnen war. Die Kinder hatten nichts als Freundlichkeit von der Welt empfangen und hatten bald selbst nur Freundlichkeit ausgestrahlt.

Als Markus das erkannte, drückte es ihn abermals nieder. Es war doch ungerecht, dass er das Leben einer so großartigen Person übernommen hatte. Er würde diesen Ansprüchen nie gerecht werden. Er konnte seinen Kummer nicht verbergen und erzählte den anderen, was er dachte.

Lucy strahlte ihn an und sagte:

„Du darfst dich nicht unter Druck setzen. Jeder Mensch hat seinen Wert. Linda und ich haben oft die tiefgründigen Menschen bewundert, denen nicht so leicht ein Lächeln auf die Lippen kommt. Wenn so ein Mensch dann lächelt, ist es etwas ganz Besonderes."

Markus musste nun doch lächeln und drückte Lucy stumm die Hand.

Sie sprachen noch eine Weile über Linda und erinnerten sich an sie, soweit sie sie kannten. Dann beendeten sie den Abend. Markus trug jetzt eine zusätzliche Verantwortung durch Lindas Tod.

Der Abend hatte etwas ganz anderes gebracht als erwartet. Lucy hatte keinen Partner gefunden, aber einen neuen Bruder.
Das war doch auch etwas. Albert war ihr
auch sympathisch, aber richtig gefunkt hatte es nicht zwischen ihnen.

Ein neues Leben

Angelika und Markus unternahmen viele Ausflüge und schufen gemeinsame Erlebnisse. Gern fuhren sie nachts aufs Land, um bei klarem Himmel die Sterne zu bewundern. Ein überwältigender Anblick! Angelika hauchte:

„Wie schön die Sterne sind! Es müssen unendlich viele sein!"

„Es gibt ungefähr 70 Trilliarden Sterne im Universum. Von einem Punkt auf der Erdoberfläche kann man mit bloßem Auge ungefähr 3000 sehen", beeilte sich Markus, sie aufzuklären.

„So eine nüchterne Zahl ist nicht gerade sehr romantisch", wandte Angelika ein. „Fühlst du denn gar nichts dabei?"

„Doch," gab Markus zu. „Ich fühle mich klein und unbedeutend im Vergleich zu diesen Dimensionen."

„Das brauchst du nun auch wieder nicht," ging Angelika auf ihn ein. „Du bist Teil von etwas sehr Großem. Das macht dich nicht klein, sondern wertet dich auf. Und wenn wir diese Größe gemeinsam erleben, verbindet uns das auf einer kosmischen Ebene."

Markus spottete: „Das hast du aber schön gesagt."

„Machst du dich etwa über mich lustig? Na warte!", schrie Angelika und trommelte mit beiden Fäusten auf ihn ein.

Schnell japste Markus: „Schon gut! Entschuldigung. Es war nicht so gemeint. Du hast natürlich recht. Auch ich spüre diese kosmische Verbundenheit mit dir."

Das hatte Angelika hören wollen. Sie umarmten und küssten sich im Angesicht der ewigen Unendlichkeit.

Es gab auch banale Augenblicke in ihrem gemeinsamen Leben. Einer war der Zeitpunkt, da Angelika sich erstmals in Markus' Leben einmischte. So machen das alle Frauen irgendwann. Sie beriet ihn bei seiner Zukunftsplanung:

„Du solltest in Zukunft etwas kleinere Brötchen backen! Mit dem Start-up hattest du dich übernommen. Ein kleineres Unternehmen könntest du schon leiten. Das Startkapital, das du jetzt durch deinen Fund hast, könnte dir ermöglichen, ein kleines Lokal zu eröffnen und dich selbstständig zu machen."

„Ja, weil ich auch so viel davon verstehe!", lachte Markus.

„So schwer ist es auch nicht" beharrte Angelika. „Außerdem kenne ich einige ehemalige Kollegen, die diesen Schritt bereits gewagt haben. Die könnten uns beraten."

Das „Uns" war ihr so herausgerutscht, aber Markus gefiel die Idee, mit ihr zusammenzuarbeiten. Er hakte nach:

„Könntest du dir denn vorstellen, das mit mir gemeinsam zu machen?"

„Eventuell", meinte Angelika nachdenklich.

Sie hatte derzeit berufliche Probleme. Nicht, weil sie nicht genug leistete, sondern eher im Gegenteil, weil sie zu gut war. Die Kollegen beneideten sie und warfen ihr Knüppel in den Weg.

Bei der Weihnachtsfeier hatte sie einer gefragt:

„Weißt du, warum der Weihnachtsmann einen so prall gefüllten Sack hat?"

„Ich werde dich wohl kaum davon abhalten können, es mir gleich zu sagen."

„Weil er nur einmal im Jahr kommt!"

Der Kollege hatte sich vor Lachen über seinen blöden Witz gekringelt und Angelika hatte entgegnet:

„Der Witz hat schon einen so langen Bart wie der vom Weihnachtsmann. Kennst du eigentlich die Geschichte von dem Mann, der einen Witz so oft erzählt hatte, bis er keinen Zuhörer mehr fand, der ihn noch nicht kannte?"

„Ja, und dann hat er dich getroffen und du kanntest den Witz noch nicht."

Höflich lächelnd war Angelika weiter-gegangen. Auch diese Antwort war nicht witzig gewesen und die vorhergehende Anzüglichkeit hatte sie nicht gemocht.

Es hatte noch mehr Vorfälle dieser Art gegeben, auch handfestere. Jetzt erzählte sie Markus alles im Detail und schloss mit den Worten:

„Im Augenblick läuft es bei mir beruflich also nicht so gut. Die männlichen Kollegen mobben mich. Dabei sind sie alle hinter mir her. Ob sie denken, dass ich mit ihnen in die Kiste hüpfe, wenn sie mich nur genug mobben? Sie können mir zwar nicht allzu viel anhaben, aber es nervt gewaltig. Ich erwäge, mich zu beschweren. Allerdings würde dann gar nichts mehr gehen."

Markus gab zu bedenken: „Diese Typen sind der Beweis, dass der Mensch auch oh-ne Gehirn lebensfähig ist. Nimm ihnen das nicht übel! Sie wissen es nicht besser. Mit anderen Worten: Das sind alles Idioten. Dass du einsteckst, ohne zurückzuschla-gen, zeigt, dass du moralisch über ihnen stehst. Leider ist es doch so: Den Idioten bei ihren Dummheiten zuzusehen und ihnen diese zu verzeihen, ist der Preis, den du dafür zahlst, kein Idiot zu sein."

„Na danke. Das tröstet mich jetzt aber" meinte Angelika. „Wahrscheinlich sollte ich wirklich lieber dort aufhören und mit dir zusammen das Lokal bewirtschaften. Zusammen schaffen wir das."

So kam es tatsächlich. Sie übernahmen günstig ein kleines Bistro, dessen Besitzer in den Ruhestand gehen wollte, und bewirtschafteten den Laden zu zweit.

Alles lief gut. Die Stammkundschaft blieb und neue Gäste kamen hinzu.

Neue Gäste waren ihnen immer willkommen, bis eines Tages unerwünschte Gäste auftauchten. Sie waren zu zweit und man sah ihnen gleich an, dass sie auf Krawall gebürstet waren. Kaum hatten sie sich gesetzt, rief einer von ihnen quer durchs Lokal:

„Wen muss ich denn hier vögeln, um einen Kaffee zu bekommen?"

Angelika beeilte sich hinzukommen, nahm freundlich ihre Bestellung entgegen und bediente sie zügig. Die beiden polterten noch etwas rum, bis Angelika ihnen einen Wink mit dem Zaunpfahl gab, indem sie ihnen die Rechnung brachte. Da lachten sie und einer rief:

„Wir brauchen doch nicht zu bezahlen. Du wirst bezahlen!"

Das war deutlich: Sie wollten Schutzgeld erpressen. Angelika wollte den Sachverhalt klären und fragte:

„Warum sollte ich?"

Der andere der beiden antwortete:

„Damit deinem Laden nichts passiert."

Ganz ruhig konterte Angelika:

„Versuchen Sie's doch lieber mal mit Cum-Ex-Geschäften! Da können Sie mehr abgreifen."

Damals gingen solche Geschäfte noch. Die Gangster hatten jedoch keine Ahnung davon, fühlten sich nicht ernst genommen und wurden gewalttätig.

„Du willst uns wohl für dumm verkaufen?", brüllte einer der beiden. Beide standen auf und packten sie hart an den Armen. Da waren sie allerdings an die Falsche geraten. Angelika beherrschte Krav Maga, die wirkungsvolle israelische Selbstverteidigungstechnik, und hatte keine Schwierigkeiten, die beiden verdutzten Gauner außer Gefecht zu setzen und hinauszubefördern. In Zukunft trug sie zu ihrer Verteidigung zusätzlich eine Glock unter ihrer Schürze. Einen Waffenschein dafür besaß sie auch. Außerdem bat sie die Polizisten vom nächsten Revier um Hilfe. Die wollten einer ehemaligen Polizistin helfen und behielten das Bistro im Auge.

Das konnte jedoch auf die Dauer nicht so weitergehen und Markus verkaufte das Bistro wieder. Die Schutzgelderpressung erwähnte er ehrlicherweise beim Verkauf, aber auch den Polizeischutz. Da das Geschäft bislang recht gut lief, bekam er einen ordentlichen Preis.

Er hatte Glück gehabt. Ihm lag die Tätigkeit als Gastwirt nicht sonderlich und so konnte er sich neu orientieren. Langfristig wäre es sowieso nichts geworden. Wenn man weiter in die Zukunft hätte schauen können, hätte man dort irgendwann die Corona-Krise kommen sehen, die das Bistro dann praktisch unverkäuflich machen würde. Davon konnte allerdings Markus zu dem Zeitpunkt nichts ahnen. Ohne dass er es damals wusste, hatte das Schicksal ihm wieder einmal in die Karten gespielt. Die Weichen waren zu seinen Gunsten gestellt worden. Er tat offenbar gut daran, dem Schicksal zu vertrauen.

Inzwischen lebte er fest mit Angelika zusammen. Als sie das erste Mal miteinander ins Bett stiegen, fragte Angelika:

„Was hast du denn eigentlich mit deinem rechten kleinen Zeh gemacht?"

Markus wollte erst nicht mit der Wahrheit herausrücken und druckste dann verschmitzt herum:

„Ach, weißt du. Der hat so unerträglich gejuckt. Da habe ich mit dem Hammer draufgehauen."

So leicht ließ Angelika nicht locker:

„Haha, sehr witzig! Was ist wirklich passiert? Na los, raus mit der Sprache!"

Markus setzte ein grimmiges Gesicht auf und meinte:

„Ich könnte es dir sagen, aber dann … "

„ … dann müsstest du mich töten", setzte Angelika den Satz fort. „Wolltest du das sagen? Komm schon! Gib dir keine Mühe: Ich weiß, dass du kein Geheimagent bist."

„Wieso nicht?", wollte Markus wissen.

„Weil du kein Geheimnis für dich behalten kannst. Auch dieses Geheimnis werde ich dir in fünf Minuten entlockt haben."

„So? Wie willst du das anstellen?"

„Indem ich dich foltere", rief Angelika und begann, ihn zu kitzeln.

„Schon gut, schon gut!", keuchte Markus lachend und erzählte ihr alles.

Danach inspizierten sie weiter gegenseitig ihre Körper.

„Sag mal, hast du in letzter Zeit Gewicht verloren?", entfuhr es Markus.

„Ja, und du hast es wohl gefunden", gab Angelika lachend zurück.

Im Anschluss wollte Angelika Markus zeigen, was sie beim Polizeisport in Judo gelernt hatte. Da sie keine Matten hatten, beschränkten sie sich auf den Bodenkampf. Damit es mehr Spaß machte, beschlossen sie, die Haltegriffe nackt zu üben.

Sie wechselten, wer Tori und wer Uke sein sollte. Als Angelika beim Tate-Shiho-Gatame, zu Deutsch dem oberen Reitvierer, unten lag und sich zu befreien versuchte, entwickelt sich irgendwie die Missionarsstellung daraus, was sie natürlich gleich nutzten.

Sie liebten sich die halbe Nacht.

Am nächsten Morgen machte sie ihm ein Frühstücksei und er fragte:

„Weißt du eigentlich, warum Hühner Eier legen?"

Angelika lachte:

„Keine Ahnung."

Damit konnte Markus seinen blöden Witz loswerden:

„Na, wenn sie sie werfen würden, könnte man sie nicht mehr essen."

Angelika verzieh ihm seine Albernheit und sie landeten wieder im Bett.

Beim nächsten Weihnachtsfest beschlossen sie, einen neuen Anlauf zu wagen, Lucy und Albert zu verkuppeln. Die beiden kannten sich ja jetzt schon. Da sollte es leichter sein. Eine kleine Unterstützung wollte Angelika ihnen dennoch geben. Sie bat Markus, einen Mistelzweig über die Tür zu hängen. Dann wollten sie es arrangieren, dass die beiden sich darunter begegneten, und sie bei der Gelegenheit auf den alten englischen Brauch aufmerksam machen, sich unter dem Mistelzweig zu küssen.

Sehr romantisch ging es dabei nicht zu. Lucy in ihrer offenherzigen Art drückte Albert zwar sofort einen Kuss auf die Wange und glaubte, damit wäre die Sache erledigt, aber mehr geschah nicht. Albert errötete und blieb starr stehen. Nun griff Angelika noch einmal ein. Sie behauptete:

„Es muss ein Kuss auf den Mund sein und der Mann muss die Initiative ergreifen."

Albert wurde noch verlegener, aber dann wurde ihm klar, dass er es nur umso schlimmer machte, je mehr er sich zierte.

Er nahm Lucys Gesicht in die Hände, sah ihr ernsthaft in die Augen und küsste sie auf den Mund.

Das war nun wieder mehr, als die Kuppler erwartet hatten. Sie verhielten sich mucksmäuschenstill und warteten ab. Das verkuppelte Paar löste sich langsam wieder und lächelte sich an. Angelika und Markus applaudierten und dann gab es Glühwein.

Lucy und Albert kamen sich an diesem Abend wirklich näher, zumal Angelika und Markus sie öfter mal allein ließen. Beim Abschied gingen die Frischverliebten Arm in Arm in die Kälte hinaus.

Ein Jahr später heirateten sie.

Das Bistro war Vergangenheit. Jetzt suchte Markus ein neues Betätigungsfeld. Wieder wusste Angelika Rat:

„Die Schulen klagen derzeit über einen massiven Lehrermangel, besonders in den mathematisch-naturwissenschaftlichen Fächern. Du mit deinem Mathematikstudium könntest dich da nützlich machen. Wie ich höre, suchen sie auch Quereinsteiger, die bisher etwas anderes gemacht haben. Das könntest du mal versuchen."

Markus versuchte es und wurde genommen. Von seinen ehemaligen Selbstmordabsichten erzählte er beim Vorstellungsgespräch natürlich nichts. Tatsächlich hatte er seit jenem Heiligabend keinen Rückfall mehr gehabt.

Die Lehrertätigkeit stellte nun nicht gerade seinen Wunschtraum dar, aber es ging. Als Angelika ihn fragte, wie er denn der Unterricht so empfinde, antwortete er:

„Ich liebe den Unterricht: Was für eine Erleichterung, für eine Weile dem blöden Gequatsche im Lehrerzimmer zu entkommen!"

In der Tat waren ihm die Kollegen nicht gerade wohlgesonnen. An der Uni galten Lehramtsstudenten immer als etwas minderwertig im Vergleich zu den reinen Mathematikstudenten, die damals mit einem Diplom abschlossen. Nun kam so ein eingebildeter Diplommathematiker daher und wollte im Revier der vorher verachteten Lehrer wildern. Womöglich betrachtete er sich immer noch als etwas Besseres!

Hinter seinem Rücken hetzten die lieben Kollegen die Schüler gegen Markus auf und verbreiteten dann, er sei der Aufgabe nicht gewachsen.

Helmut, ein Mathematikkollege, der zu den Schlimmsten der Mobber gehörte, verspottete Markus in der Pause:

„Na, Herr Kollege, ist wohl doch nicht so einfach, wie Sie gedacht hatten?"

Markus antwortete ungerührt:

„Danke der Nachfrage, aber es geht schon ganz gut."

Ja, es ging trotz der Anfeindungen ganz gut. Seine menschlichen Qualitäten überzeugten die Schüler und fachlich war er an der Schule sowieso der Kompetenteste.

Er verfügte über ein sehr feines Gehör und eine ausgezeichnete Beobachtungsgabe. So konnte er bei Störmanövern in der Klasse fast immer den Urheber ausmachen, den er dann angemessen bestrafte. Nie verlor er dabei die Fassung. Seine Strafen fielen dem Sachverhalt angemessen und gerecht aus. Die Schüler akzeptierten sie und respektierten ihn nach einer Weile.

Das ging sogar soweit, dass er irgendwann von den Schülern zum Vertrauenslehrer gewählt wurde.

Bei den Kollegen ging es nicht so leicht, Anerkennung zu erreichen, aber er setzte sich durch, indem er sich im Hintergrund hielt, ohne sich aber die Butter vom Brot nehmen zu lassen.

Besonders Helmut ging er aus dem Weg. Als er ihn eines Tages in einem Kellergang hinter einer Biegung mit einer Schülerin sprechen hörte, versteckte er sich hinter einem Schrank. Er wollte ihm nicht begegnen. Obwohl er nicht die Absicht hatte zu lauschen, kam er in dieser Situation nicht umhin zu hören, was die beiden miteinander besprachen.

Helmut, ein noch recht junger Lehrer, der als zweites Fach Sport hatte und blendend aussah, zog unfreiwillig das Interesse vieler Frauen auf sich. Auch Denise hatte sich in ihn verknallt. Sie war die attraktive, schon erwachsene Schülerin, die ihn hier unten abgepasst hatte. Jetzt wollte sie Nägel mit Köpfen machen, umarmte ihren verdutzten Lehrer und fragte schelmisch:

„Gefalle ich dir?"

Helmut bewahrte Fassung und wies sie zurecht:

„Lass das, Denise! Du weißt, dass ich darauf nicht eingehen darf."

„Aber warum denn nicht? Ich bin über 21 Jahre alt und liebe dich", versetzte die liebestolle Schülerin. Sie war spät eingeschult worden und mehrfach sitzengeblieben. Auch hatte sie ein Jahr wegen einer Krankheit aussetzen müssen. So kam es dazu, dass sie zur ältesten Schülerin der Anstalt avanciert war.

Ein entsprechendes Selbstbewusstsein besaß sie auch. Sie fasste einen Entschluss und zog ihn durch, indem sie die Initiative übernahm. Sie praktizierte das, was Angela Ermakova bei der sogenannten Besenkammer-Affäre mit Boris Becker angestellt hatte, einschließlich der Selbstbefruchtung. Auch sie wollte ein Kind von ihrem Schwarm. Der Hauptunterschied zu Boris Becker bestand darin, dass Helmut vorher laut und deutlich „Nein" gesagt hatte.

„Nein, nicht doch! Was tust du denn da? Ich will das nicht", hatte der überraschte Lehrer gejapst, dann aber aufgrund seiner Erregung nicht mehr vermocht, sich wirkungsvoll zu wehren.

Die Schülerin gewaltsam wegzustoßen, wagte er auch aus anderen Gründen nicht. Erstens war sie groß und kräftig und zweitens war Gewalt gegen Schüler strikt verboten. Wenn es zu einer Rangelei gekommen wäre, wäre er in Erklärungsnot geraten. Außerdem ging alles sehr schnell. Einen Augenblick später hatte er den Point of no Return schon überschritten und das Kind war in den Brunnen gefallen.

Noch einen Unterschied gab es. Denise ging zur Polizei und zeigte Helmut wegen eines Übergriffes an.

Warum tat sie das? Die Rache einer zurückgewiesenen Frau? Oder wollte sie die Zeugung ihres zukünftigen Kindes dokumentieren? Wer kann schon in den Kopf eines Menschen hineinsehen? Es blieb ein Rätsel. Auf der Polizeiwache glaubte man ihr zunächst, zumal die ärztliche Untersuchung eindeutige Spuren ergab.

Eine kriminalpolizeiliche Untersuchung folgte, in deren Verlauf auch Markus befragt wurde. Er berichtete, was er damals gehört hatte, und entlastete damit Helmut. Der erfuhr von Markus' Zeugenaussage und fühlte sich diesem dankbar. So wie er Markus behandelt hatte, konnte er froh sein, dass Markus nicht Gleiches mit Gleichem vergolten und den Vorfall einfach „vergessen" hatte. Nein, so einer war Markus nicht und Helmut würdigte das. Helmuts Verhalten Markus gegenüber änderte sich schlagartig.

Auch die anderen Kollegen respektierten ihn nun. Irgendwann wurde Markus an seiner Schule Fachbereichsleiter für Mathematik und kein Kollege hatte etwas dagegen. Mit Helmut freundete er sich sogar an. Sie spielten regelmäßig Tennis miteinander. Markus lernte von Helmut viel über die Technik des Spiels, Helmut wiederum profitierte von Markus' umfangreichen Fachwissen in Mathematik.

Markus' Leben verlief jetzt in geordneten Bahnen. Er plante es gemeinsam mit Angelika. Sie teilten das tägliche Leben miteinander, was für beide ungewohnt war. Hinzu kam bei Markus eine gewisse Trotteligkeit in Alltagsdingen. Aber Angelika half ihm. Für sie, die ehemals toughe Polizistin bedeutete es auch eine gewaltige Umstellung, die sie aber meisterte.

In Geschmacksdingen gab es allerdings öfter mal Unstimmigkeiten. So kam Markus irgendwann einmal mit einer „wundervollen Überraschung" nach Hause: einem abstrakten Gemälde mit ein paar Klecksen darauf. Er hatte es bei einem Straßenflohmarkt, an dem er gerade vorbeigekommen war, günstig erstanden – sehr günstig sogar, weil offenbar niemand die Scheußlichkeit kaufen wollte. Aus irgendeinem Grund hatte es Markus gefallen und nun präsentierte er es Angelika stolz und freudestrahlend mit den Worten:

„Ist das nicht schön?!"

Angelika runzelte die Stirn und antwortete:

„Stimmt, das ist nicht schön."

Ganz verdattert stotterte Markus:

„Oh – es gefällt dir wohl nicht?", worauf Angelika sich für Offenheit entschied und ihm mitteilte:

„Ich habe noch nie ein schlechteres Bild gesehen."

Es blieb Markus nichts anderes übrig, als einzulenken und das Bild im Keller zu deponieren. Es wieder zu verkaufen, schien nicht erfolgversprechend. Angelika meinte dazu:

„Das wirst du nie wieder los!"

So wurde das Bild zum Kellerobjekt. Schade war es nicht darum.

Streit gab es auch nicht. Die beiden rauften sich immer wieder zusammen. Angelika entwickelte sich zur Hausfrau.

Das musste irgendwie anerkannt werden. Eines Tages schenkte Markus ihr einen Diamanten – nicht riesig groß und auch nur von mäßiger Qualität, aber er funkelte schön. Und er war echt und immer noch teuer genug.

„Pass gut auf ihn auf", schärfte er ihr ein. „Das ist chemisch gesehen nur Kohlenstoff in einer speziellen Modifikation. Dieser Diamant kann unter Umständen zu Kohle umgewandelt werden. So etwas kann ganz spontan geschehen."

Angelika legte den Diamanten in ihr Schmuckkästchen und versprach, gut darauf aufzupassen.

Markus hatte nicht ohne Grund auf die Möglichkeit der Umwandlung des Diamanten in Kohle hingewiesen. Bald war der erste April und er plante einen Aprilscherz.

Am Morgen des besagten Tages tauschte er den Diamanten gegen einen Kohlekrümel aus und wartete, bis Angelika ihren Schmuck für den Tag aus dem Kästchen nehmen würde.

Er lauschte hinter der Tür, um ihren Aufschrei zu vernehmen und dann „April, April" zu rufen.

Nichts geschah.

Schließlich trat er ins Zimmer, um nachzusehen. Angelika stand mit dem Handy in der Hand vor dem Kästchen.

„Nanu, was machst du da?", fragte er erstaunt.

„Ich habe die Polizei angerufen. Hier war ein Einbrecher und hat meinen Diamanten gestohlen", antwortete sie ihm.

„Aber nein", rief er. „Das war doch ich. Ich wollte dich damit aufziehen, dass der Diamant sich in Kohle umgewandelt hätte. War ein blöder Scherz. Warum hast du nicht erst mit mir gesprochen?"

„April, April", konnte nun Angelika sagen. Sie hatte seinen Scherz perfekt gekontert.

So neckten und liebten sie sich die nächsten Monate.

Schorsch

Ihre Vergangenheit holte sie zuweilen noch ein. Einmal rief ihnen einer auf der Straße hinterher:

„Angie, bist du das?"

Es stellte sich heraus, dass es ein ehemaliger Kollege war. Ein grober Kerl. Er drängte sich zwischen Markus und Angelika und begann, Angelika zuzutexten. Diese bemühte sich, die Situation zu retten, indem sie die beiden Männer einander vorstellte:

„Schorsch, das ist mein Freund Markus."

Während Markus ein „Angenehm" hervorbrachte, sagte Schorsch nur:

„Ja, ja, schon gut", während er Markus weiterhin den Rücken zukehrte und Angelika anmachte.

Markus fühlte sich unwohl. Er wandte ein:

„Entschuldige bitte, Schorsch, aber Angelika und ich haben noch etwas vor."

„Merkst du nicht, dass du störst? Verpiss dich!", fuhr Schorsch ihn an und verpasste ihm einen Stoß.

Jetzt griff Angelika ein. Sie wendete einen Polizeigriff an, um den überraschten Schorsch von Markus wegzubugsieren. Dann meinte sie ungerührt:

„Bist du eigentlich von Geburt an ein Arschloch, oder musst du dafür üben?"

Schorsch gab nach:

„Ist ja schon gut. Deswegen musst du nicht gleich grob werden."

„Nichts für ungut, Schorsch. Das musste sein. Dann bis zum nächsten Mal", beendete Angelika die Diskussion.

Dies waren wohl die gewohnten Umgangsformen der beiden untereinander. Schorsch kannte das und trollte sich.

Markus bemerkte überflüssigerweise:

„Den mag ich nicht."

„Willkommen im Club", erklärte Angelika grinsend und sie wandten sich anderen Dingen zu.

Für den Augenblick waren sie Schorsch los, aber er sollte noch einmal auftauchen. Er hatte sich schlau gemacht und herausgefunden, woher Markus sein vieles Geld hatte. Nun versuchte er, Angelika zu erpressen, indem er ihr eine Mail mit folgendem Wortlaut schickte:

„Ich kann Markus fertigmachen, wenn ich herausbekomme, woher das Geld stammt, das er damals gefunden hat. Wenn ich es nicht herausbekomme, werde ich etwas erfinden. Meine Bedingung, damit ich es nicht tue, ist die: Du musst dich von Markus trennen und in den Social Media verbreiten, dass er ein Versager im Bett ist. Und dann musst du mich heiraten."

Was für ein naiver Idiot! Angelika löschte die Mail nicht sofort. Womöglich würde sie sie noch als Beweis brauchen. Wer weiß? Schorschs kindische Forderungen würde sie natürlich nicht erfüllen. Wenn einer einen derartigen Deal vorschlägt, nämlich, dass er seinem Nebenbuhler einen möglichen Schaden nicht zufügen würde, wenn der Adressat dem Nebenbuhler dafür einen anderen Schaden zufügt, dann kann man mit Sicherheit davon ausgehen, dass der Deal zum Nachteil des Nebenbuhlers ausgeht. Deswegen hat er ihn ja vorgeschlagen: aus Hass und nicht aus Nächstenliebe.

Schorsch wollte Markus aus dem Weg räumen – so viel war klar. Seine Vorgehensweise war allerdings zu simpel. Sie würde doch Markus nicht einen nicht rückgängig zu machenden Schaden zufügen, um einen höchst unwahrscheinlichen vorübergehenden Schaden abzuwenden. Für wie dumm musste Schorsch sie halten?!

Sie erwog, einfach nicht auf den Blödsinn zu reagieren, überlegte es sich dann aber anders und mailte zurück:

„Wenn ich noch einmal etwas von dir höre, zeige ich dich an."

Sie glaubte, ihn damit endgültig abgefertigt zu haben, irrte sich aber.

Der Widerling sann auf Rache. Natürlich bekam auch er nicht heraus, woher das Geld stammte. Seine Drohung von einer gefälschten Anzeige bei der Polizei konnte er ebenfalls nicht wahr machen.

Er tat etwas anderes. Eines Tages bekam Markus einen anonymen Brief, in dem er aufgefordert wurde, das gefundene Geld seinem rechtmäßigen Eigentümer zurückzugeben. Dazu sollte er es am nächsten Tag zu einer gegebenen Uhrzeit an einem genau beschriebenen Versteck ablegen. Wenn er es nicht täte, würde er sterben.

In Absprache mit Angelika beschloss Markus, nicht zu reagieren.

Erst einmal geschah nichts.

Aber nach einer Weile, als Markus und Angelika schon nicht mehr daran dachten, ereignete sich etwas Seltsames. Die beiden kamen gerade vom Einkauf nach Hause zurück, da bemerkte Markus, dass das große Bild im Wohnzimmer schief hing.

„Nanu, wer ist denn da dran gekommen", lachte er, trat näher und wollte es geraderücken.

„Halt!", schrie Angelika. „Rühr das Bild nicht an! Ich habe es nicht berührt und du ja offensichtlich auch nicht. Ich weiß, dass es gestern noch gerade hing, und seitdem war niemand außer uns in der Wohnung, von dem wir wissen. Ein Unbekannter könnte dagewesen sein und das Bild schiefgerückt haben, jemand, der wusste, dass du Pedant es sofort geraderücken würdest. Wahrscheinlich würdest du damit eine Bombe zünden. Es könnte eine Sprengfalle sein."

Sprachs und rief ein Sprengstoffentschärfungskommando sowie die Spurensicherung.

Es stellte sich heraus, dass das Bild tatsächlich der Auslöser für eine versteckte Bombe war. Markus war nur knapp dem Tod entronnen. Er bedankte sich bei seiner Frau:

„Vielen Dank, dass du mich gewarnt hast, mein Engelchen."

„Das war ja auch in meinem Interesse, mein Bengelchen", gab Angelika zurück.

Jetzt ging es an die Spurensuche.

Sie fanden Fingerabdrücke auf der Bombe. Der Spurensicherer vermutete:

„Der Bombenleger hatte wohl fest damit gerechnet, dass die Bombe explodieren würde, und sich nicht die Mühe gemacht, Fingerabdrücke zu vermeiden."

Die Fingerabdrücke wurden durch die Datenbank gejagt und lieferten einen Treffer. Die Spur führte zu Schorsch, dessen Fingerabdrücke, wie bei Polizisten üblich, in seiner Personalakte gespeichert waren.

Wenn alle Straftäter so einfältig wären wie Schorsch, hätte es die Polizei leichter.

Der Übeltäter wurde verhaftet, gestand ohne Umschweife und kam ins Gefängnis.

Sie hörten nie wieder etwas von ihm.

Markus kannte sich bei vielen Dingen des täglichen Lebens nicht aus. Als ein sorglos in den Tag hinein lebender junger

Mann hatte er das früher nie gebraucht. So hielt er zum Beispiel keine Ordnung bei seinen Sachen. Er hatte die Erfahrung gemacht, dass er in seinem Wust nichts mehr wiederfand. Daher war er dazu übergegangen, alles, was er im Augenblick nicht mehr brauchte, bei Ebay zu verkaufen und, wenn er es doch wieder brauchen sollte, dort wieder einzukaufen.

Auf diese Weise hatte er einmal identisch dasselbe Buch zurückgekauft, das er vor geraumer Zeit verkauft hatte. Er erkannte es an seinen eigenen Randbemerkungen. Amüsiert erzählte er es Angelika davon und die ermahnte ihn, doch ein bisschen mehr Ordnung zu halten. Dann würde er den Umweg über Ebay nicht mehr brauchen.

Ihr Alltag wurde ihnen nicht langweilig. Dabei half auch Doris.

Zum Karneval waren sie mit ein paar Freunden nach Köln gefahren und hatten sich unter die Jecken gemischt. Das Wetter passte und sie hatten sich leicht gekleidet.

Die Frauen trugen Röcke. Doris, die – zufällig oder nicht – neben Markus auf der Bierbank saß, trug kein Höschen unter ihrem Rock. Während alle gerade die vorbeifahrenden Wagen bestaunten, griff sie sich plötzlich Markus' Hand und führte sie unter ihren Rock. Als Markus ihre Vulva berührte, zuckte er vor Schreck zurück. Dann ging dieses Zurückzucken in ein Zurückziehen seiner Hand über. Er hatte kein Interesse an einem sexuellen Abenteuer mit Doris und vor allem nicht die Absicht, Angelika untreu zu werden.

Er verstand die ganze Geschichte nicht. Wieso machte diese Frau ihn an? Bisher hatte er sich immer für unscheinbar gehalten. Er rief sich sein morgendliches Spiegelbild ins Gedächtnis und fragte sich, ob sich sein Äußeres verbessert hätte. Nein, das war es nicht. Was dann? Schließlich kam er darauf: Doris war unverheiratet geblieben und hatte Angst, als alte Jungfer zu enden. Verzweifelt, wie sie war, griff sie nach jedem Strohhalm, selbst wenn es bedeutete, einer anderen Frau den Partner auszuspannen.

Na, er hatte jedenfalls richtig reagiert.

Er glaubte, die Situation damit geklärt zu habe. Das hatte er auch, aber erledigt war es damit noch nicht. Als er auf die Toilette musste, flüsterte Doris Angelika ins Ohr:

„Der Markus hat mir gerade eben an die Muschi gefasst."

Rachsüchtig war die zurückgewiesene Doris also auch noch.

Angelika wusste, dass sie sich auf Markus verlassen konnte und reagierte dementsprechend locker:

„Dann solltest du besser einen Slip unter deinem Rock tragen."

Darauf wusste Doris nichts mehr zu antworten und gab Ruhe.

Im Hotelzimmer ließ Angelika Markus dann doch noch eine Warnung zukommen:

„Nimm dich vor Doris in Acht. Sie erzählt Schweinereien über dich."

Nun war Markus' Neugier erwacht und er wollte Genaueres wissen. Angelika erzählte ihm, was sie von Doris gehört hatte, und Markus klärte die ganze Geschichte auf. Sie merkten, was sie aneinander hatten, und pussierten ausgelassen miteinander herum.

Von Doris hielten sie sich in Zukunft fern.

Angelika half Markus auch bei seinen Terminen. Besonders achtete sie darauf, dass er regelmäßig zu den Ärzten ging. Zunächst bestand sie darauf, dass er mal wieder zu seinem Hausarzt ging. Markus tat es und der Hausarzt freute sich, ihn nach langer Zeit wiederzusehen. Dann schickte er ihn sofort weiter zur Koloskopie, nachdem der Krebs solange unbehandelt geblieben war.

Auch das ließ Markus über sich ergehen.

Das Arztgespräch danach gestaltete sich erfreulich. Der Arzt meinte:

„Ihr Tumor hat sich von selbst zurückgebildet. So etwas nennt man Spontanheilung. Ich hätte ehrlich gesagt nicht damit gerechnet. Voraussetzung ist eine ausgeglichene Psyche. Sie müssen wohl zur Zeit recht glücklich sein. Das hat Ihnen geholfen. Es ist selten, aber es kommt vor. Meinen Glückwunsch! Sie sollten sich trotzdem regelmäßig untersuchen lassen."

Markus versprach es und ging nach Hause, um Angelika die guten Neuigkeiten mitzuteilen. Sie bewohnten inzwischen eine nette Drei-Zimmer-Wohnung in den Außenbezirken der Stadt.

Da wäre sogar noch genügend Platz für ein Kind. Sie brauchten gar nicht lange darüber zu diskutieren: Sie wollten beide Nachwuchs.

Zunächst aber sollte geheiratet werden und das war gar nicht so einfach.

Martha

Es wurde Zeit, dass Markus Angelikas Mutter Martha kennenlernte. Ein erstes Treffen der zukünftigen Schwiegermutter mit dem zukünftigen Schwiegersohne hatte keinen Erfolg.

„Was hast du uns denn da für einen merkwürdigen Kerl angeschleppt?", fragte sie ihre Tochter nach dem Treffen mit Markus. „Der ist ja wohl das Allerletzte. Schon, wie hinterhältig er uns anguckt! Dann seine ungepflegten Haare! Und hast du dir mal seine Fingernägel angesehen? Wahrscheinlich ist er Totengräber. Was macht er eigentlich beruflich?"

„Zur Zeit ist er Mathematiklehrer an einer Schule", antwortete Angelika.

„Lehrer! Das sind doch alles Pädophile", ereiferte sich Martha.

„Nun mach aber mal halblang", wies Angelika sie zurecht. „Du bist verblendet durch deine Abneigung gegen Markus. Wie kannst du nur so hanebüchenes Zeug daherreden?"

Martha wehrte sich:

„Ich weiß schon, wovon ich rede. Ich habe bereits viel darüber im Internet gelesen."

„Im Internet kann man alles finden, wenn man danach sucht. So etwas darf man doch nicht unbesehen glauben! Das ist oft purer Unsinn. Von einigen wenigen schwarzen Schafen kann man nicht auf einen ganzen Berufsstand schließen. Lehrer erziehen unsere Jugend, sie formen die nächste Generation und sie tun das mit viel Idealismus."

„Wie dem auch sei, ich mag diesen Markus nicht. Such dir einen anderen!"

„Ich werde Markus heiraten, ob es dir passt oder nicht."

Damit glaubte Angelika die Diskussion beendet zu haben.

Ihr Vater war vor einiger Zeit gestorben und Angelika wurde von der Mutter regelrecht umklammert. Sie war das Einzige, das ihrer Mutter geblieben war, als deren Mann gestorben war – das Liebste, was sie auf der Welt hatte. Insofern störte Markus als ein Eindringling ihre kleine, heile Mutter-Tochter-Welt. Martha mochte Markus nicht. Es war ihr gar nicht klar, warum nicht. Sie verspürte einfach nur eine tiefe Feindseligkeit, die zu verbergen sie sich nicht einmal bemühte.

Wie es oft bei Feindschaft ist, projizierte Martha ihre eigene Feindseligkeit auf Markus und unterstellte diesem wiederum Feindseligkeit. Sie sprach schlecht über ihn und war sich daher sicher, dass auch er schlecht über sie sprach. Das tat er aber gar nicht. Er wusste nicht einmal, dass Martha schlecht über ihn sprach. Keiner hatte es ihm gesagt.

Abgesehen von ihrer Bösartigkeit hatte Martha durchaus weitere eigene Schwächen. Zum Beispiel mangelte es ihr an Bildung. Dafür konnte sie eigentlich nichts, da sie in ihrem Leben nicht das Glück gehabt hatte, eine gute Schulausbildung zu bekommen. Niemand machte es ihr zum

Vorwurf. Dennoch fühlte sie sich in der Hinsicht minderwertig und ging davon aus, dass Markus darüber lästerte, was dieser gar nicht tat.

Davon ausgehend beschwerte sie sich bei ihrer Tochter darüber, dass Markus sie nicht genügend respektiere. Überhaupt sei er eine unmögliche Person, schloss sie ihre Schimpftirade.

Nicht nur bedingt durch ihre mangelnde Bildung litt Martha unter Minderwertigkeitsgefühlen. Da musste in ihrer Jugend noch mehr passiert sein. Jedenfalls überkompensierte sie diese Minderwertigkeitsgefühle durch ein unstillbares Bedürfnis nach Anerkennung. Wenn andere sie nicht genügend lobten, scheute sie vor Eigenlob nicht zurück. Sie konnte davon nicht genug bekommen. So antwortete sie auf ein höfliches Lob ihrer Kochkünste nicht etwa mit einem einfachen „Danke", sondern nahm die Gelegenheit zum Anlass, ausführlich über die Zubereitung der Mahlzeit zu schwadronieren: dass sie das Fleisch nicht im Supermarkt, sondern beim Metzger gekauft hätte, dass sie herausgefunden hätte, dass man den Garvorgang kurz unterbrechen müsse, um beste Ergebnisse zu erhalten, usw. usw.

Markus mochte diese Selbstbeweihräucherung nicht und bemerkte einmal:

„Wenn man auf Tierkadaver steht, kann man es essen."

Sonst aß er durchaus Fleisch. Aber hier ging es um etwas anderes. Inzwischen hatte er mitbekommen, dass Martha ihn ablehnte und erwiderte diese Abneigung. Er musste jetzt einfach etwas Abfälliges sagen, um Martha zu ärgern. Und es funktionierte hervorragend. Ihr fragiles Ego fühlte sich wieder einmal nicht genügend geschätzt und sie wütete:

„Ihnen mein gutes Essen vorzusetzen, ist wie Perlen vor die Säue zu werfen."

Darauf antwortete Markus:

„Wenn Sie schon die Bergpredigt zitieren, sollten Sie auch wissen, dass an derselben Stelle steht: ‚Richtet nicht, damit ihr nicht gerichtet werdet!'. Darüber sollten Sie mal nachdenken."

Martha hatte nicht einmal gewusst, dass ihr Ausspruch aus der Bibel stammte, geschweige denn, dass sie die ganze Stelle gekannt hätte. Sie konnte nichts entgegnen, schwieg verstockt und blieb den ganzen Tag eingeschnappt. Ihre Aversion gegen Markus wuchs mit jedem Tag.

Es kulminierte, als Angelika schwer krank wurde und das Bett hüten musste. Ihre Mutter pflegte sie hingebungsvoll, wachte über sie wie eine Glucke und ließ niemanden in ihre Nähe – am wenigsten Markus, als der seine Freundin besuchen wollte. Die Mutter schickte ihn mit den Worten weg:

„Sie können nichts für meine Tochter tun. Hier stören sie nur. Ich will Sie in meinem Haus nicht haben!"

„Echt jetzt?!", staunte Markus. „Sie wollen mich von meiner Freundin fernhalten?"

„Allerdings", keifte Martha. „Und ich wünschte, sie wäre nicht Ihre Freundin."

Das musste Markus akzeptieren und schlich bekümmert davon.

Als Angelika wieder gesund war, beklagte sie sich bei Markus, warum er sich während ihrer gesamten Krankheit nicht ein einziges Mal um sie gekümmert hätte. Markus erklärte ihr, was vorgefallen war und Angelika wollte ihm nicht glauben. Für sie stellte ihre Mutter die Liebe in Person dar. Trotzdem fragte sie bei ihr nach und die Mutter stritt alles ab.

Nun stand Aussage gegen Aussage. Angelika fühlte sich außerstande, die Wahrheit zu ergründen. Markus half ihr:

„Die Wahrheit ist manchmal vom Umfeld abhängig. Nur selten ist sie so unmittelbar klar wie im Fall der Aussage 2+2=4. Schon bei der Aussage 6x7=42 rechnen wir selten nach, sondern verlassen uns auf das, was wir in der Schule gelernt haben, im guten Glauben, dass wir es einmal nachgerechnet hätten, ohne uns allerdings an diesen Vorgang im Einzelnen zu erinnern. Wenn uns Fakten glaubhaft versichert werden und nicht im Widerspruch zu unseren Erfahrungen stehen, neigen wir dazu, sie irgendwann für wahr zu halten. Diktatoren benutzen diese menschliche Eigenart, um die Meinung ihrer Untertanen durch geschickte Propaganda zu formen.

Du hast gelernt, deiner Mutter zu glauben. Mich kennst du erst viel kürzere Zeit. Daher wirst du im Gespräch mit deiner Mutter ihren Aussagen Glauben schenken. Wenn du mit mir über diese Sache sprichst, kann ich schon froh sein, dass du meine Aussage überhaupt anhörst, wobei mir zugutekommt, dass die Animosität deiner Mutter gegen mich ein Faktum ist, das dir bekannt ist und für meine Darstellung spricht.

Das Einfachste dürfte sein, dass du im Gespräch mit deiner Mutter deren Version akzeptierst und im Gespräch mit mir meine."

Ganz so hielt es Angelika dann doch nicht. Sie glaubte Markus, verzichtete aber darauf, ihrer Mutter diesbezüglich zu widersprechen.

Martha versuchte noch mit allen Kräften, die Hochzeit zu verhindern, indem sie Markus irgendwelche Affären andichtete, aber sie konnte letztlich nichts gegen die Liebe der beiden ausrichten. Angelika erzählte Markus von den Anschuldigungen und sie lachten beide herzhaft darüber.

Irgendwie juckte es Markus aber schon in den Fingern, es Martha heimzuzahlen. Er beschloss, falsche Spuren zu legen, die auf einen Seitensprung seinerseits hindeuteten. Bei Marthas Voreingenommenheit ihm gegenüber sollte das leicht sein. Er bat Veronika, eine gemeinsame Freundin von Angelika und ihm, um Hilfe. Sie rief an, als Martha im Haus war, und er ging so ans Handy, dass Martha ihn hören konnte. Er flüsterte allerlei zärtliches Zeug in den Apparat und sagte dann:

„Morgen geht es nicht. Angelika würde es merken. Aber Mittwoch um fünf im Café Huber würde passen."

Am Mittwoch um fünf traf er sich mit Veronika am vereinbarten Ort, jedoch nicht, ohne Angelika mit dorthin zu bitten. Aber bitte fünf Minuten später! Es solle eine Überraschung sein. Veronika würde auch da sein.

Kaum hatten Veronika sich zu Markus gesetzt, stürzte Martha aus ihrem Versteck hervor und kreischte:

„Endlich habe ich dich ertappt, du Schurke. Du betrügst meine Tochter."

„Hallo Martha", grinste Markus. „Schön dich zu sehen. Aber warum regst du dich denn so auf?"

Martha drohte, vor Wut zu platzen. Mit hochrotem Kopf rief sie:

„Leugne es nicht: Du hast ein Verhältnis mit diesem Flittchen!"

In diesem Moment trat Angelika hinzu und beruhigte ihre Mutter: Es sei doch gar nichts passiert.

Martha echauffierte sich weiter:

„Ich habe doch gehört, wie er mit ihr telefoniert hat. Die beiden haben etwas miteinander!"

Nun bequemte sich Markus, die Geschichte aufzulösen und schloss mit den Worten:

„Diese Lektion hattest du einfach mal gebraucht, da du mir immer nur das Schlimmste unterstellst."

Martha schluckte. Markus hatte sie tatsächlich zum Verstummen gebracht. Dann schluchzte sie:

„Bin ich denn wirklich so schlimm? Ich will doch nur dein Bestes, Angelika."

Damit hatte Martha den richtigen Knopf gedrückt und Angelika umarmte sie. Der Frieden schien wiederhergestellt zu sein und die Hochzeit wurde gefeiert.

Ob allerdings Martha wirklich ihre Lektion gelernt hatte, darf bezweifelt werden.

Markus jedenfalls hatte seine Zweifel. Er wollte es testen, natürlich anders als beim ersten Mal. In den Medien ging gerade die Nachricht um, dass ein Serienmörder in ihrer Stadt sein Unwesen triebe. Er überfalle einzelne Frauen in den Abendstunden im Stadtpark, wobei er eine schwarze Skimaske trug. Er vergewaltige und töte sie dann. Als besonders grausig trat hervor, dass er seinen Opfern am Ende die Köpfe abschnitt und als Trophäe mitnahm.

Einmal war er gesehen worden und die Beschreibung seiner Statur hätte auf fast jeden passen können, also auch auf Markus. Der fragte sich, ob Martha ihn nicht schon der Taten verdächtigte, zumal er manchmal erst spät abends nach Hause kam. Er traute ihr zu, ihn für den Täter zu halten, da sie doch immer nur das Schlechteste von ihm dachte. Mehr noch: Er war sich sicher. Er kannte sie inzwischen gut genug, um zu wissen, dass sie genau das dachte. Der ungeliebte Schwiegersohn ein Triebtäter – das würde passen!

Das müsste man mal austesten, dachte Markus und freute sich diebisch darauf.

Seine Idee hatte er schnell ausgearbeitet. Als Martha das nächste Mal zu Besuch kam, war er vorbereitet. An der Garderobe hing eine schwarze Skimaske, die er sich vor ein paar Tagen extra für diesen Zweck besorgt hatte. Noch etwas hatte er besorgt und das sollte seine besondere Überraschung werden. Beim Abendessen packte er ein Paket aus, das er am Vortag beim

Metzger gekauft hatte, und verkündete stolz:

„Hier der Höhepunkt des Abends. Frische Schweinskopfsülze. Ich habe sie gestern erst bei einem befreundeten Metzger selbst gemacht. Man glaubt gar nicht, wie viel Gutes in so einem Kopf drin ist. Also eigentlich waren es ja gar keine Schweinsköpfe … ich meine, Köpfe schon. Das sieht man ja an den Gehirnteilen in der Sülze. Aber die Köpfe sind eben nicht von Schweinen, sondern von … äh … etwas anderem. Lasst euch überraschen! Mehr kann ich im Augenblick nicht sagen. Ich möchte eure unvoreingenommene Meinung. Die meisten Leute glauben ja, dass man so etwas nicht essen darf, aber das sind Vorurteile. Daher weiß ich nicht, wie ihr darauf reagieren würdet, wenn ihr es wüsstet, und sage es erstmal nicht, aber glaubt mir: Die Sülze ist fantastisch. Und ich habe noch mehr solcher Köpfe."

Martha erblasste. Markus war klar, was sie dachte und er amüsierte sich köstlich. Er hatte Martha wieder bei einer ihrer Verdächtigungen ertappt. Angelika fragte nach:

„Warum tust du so geheimnisvoll. Hast du etwa gewildert?"

Markus lächelte:

„Ja, sozusagen. Ich habe etwas gejagt, das man nicht jagen darf. Aber macht euch darüber keine Gedanken. Die Verantwortung trage ich allein. Nur so viel: Mit dieser Jagd habe ich an so manchen Tagen die Abendstunden verbracht. Es ist unglaublich, was man im Stadtpark um diese Zeit so alles erwischen kann. Mir ging es nur um die Köpfe. Den Rest habe ich liegengelassen. Da mögen sich andere mit befassen. Und jetzt guten Appetit!"

Martha wurde noch bleicher. Aber immer noch sagte sie nichts, weigerte sich nur standhaft, von der Sülze zu essen. Markus legte nach:

„Das Gehirn darin könnte dir gut tun – gegen Alzheimer und so."

„Nein ich will nicht. Lass mich damit in Ruhe", schimpfte Martha.

Sie saß reglos auf ihrem Stuhl. Indes kam es, als sie sah, wie die anderen mit gutem Appetit von der Sülze aßen, dazu, dass sie sich übergeben musste. Es geschah ganz plötzlich. Eine Riesenschweinerei. Martha saß danach nur bewegungslos da und stammelte hysterisch:

„Ich muss hier weg, ich muss hier weg, ich muss hier weg ..."

Damit ergriff sie auch schon die Flucht und rannte aus dem Haus.

Wohin sie wollte, sagte sie nicht. Alle dachten, sie würde nach Hause gehen, aber sie machte sich schnurstracks auf den Weg zur Polizei, um ihren Schwiegersohn anzuzeigen.

Spät am Abend erschien tatsächlich die Polizei bei Markus und Angelika, um ihn mit der Beschuldigung zu konfrontieren. Er hatte Alibis für die Tatzeiten, musste aber trotzdem noch einen DNA-Test machen.

Die Sülze wurde untersucht und erwies sich als Schweinskopfsülze.

Am nächsten Tag erfuhr er, dass der Test negativ war und der Verdacht gegen ihn fallengelassen wurde. Angelika fragte die Polizisten noch, wer denn ihren Mann angezeigt hätte. Markus brauchte nicht zu fragen. Er wusste es: Martha.

Angelika machte ihrer Mutter schwere Vorwürfe und diesmal schien es, als ob Martha ihre negative Grundeinstellung zu Markus tatsächlich überdachte. Harmonie sah zwar anders aus, aber im Großen und Ganzen liefen ihre Begegnungen in Zukunft friedlich ab.

Daniel

Bald bekam das frischgebackene Ehepaar einen kleinen Jungen, den sie Daniel
nannten. Die erste Zeit hielt das kleine
Wurschtelchen seine Eltern ganz schön auf
Trab. Solange er noch nicht durchschlief,
konnten es seine Eltern auch nicht. Dazu
ständig die Angst vor dem plötzlichen
Kindstod in Bauchlage, wie Markus es bei
Sandra erlebt hatte, oder dass der Kleine in
Rückenlage an Erbrochenem ersticken
könnte. Das Sicherste schien die Seitenlage
zu sein und diese überprüften sie immer
wieder.

Später nahmen sie das Baby manchmal
mit ins Ehebett. Dabei fiel es einmal hinaus.
Was für ein Schreck! Glücklicherweise hatte der Kleine sich nichts getan. Obwohl
Markus sich nicht als religiös bezeichnet
hätte, schickte er ein Dankgebet zu Gott. In
Zukunft polsterten sie den Fußboden neben dem Bett mit allerlei Kissen und De-

cken, damit das Kind im Falle eines Falles weich fallen möge.

So viele Gelegenheiten gab es im Leben des kleinen Daniel, wo etwas hätte schief gehen können. Als er größer wurde, verloren sie ihn öfter mal im Gewühl beim Einkaufen. Sie bekamen jedes Mal einen Riesenschreck und waren unglaublich erleichtert, als sie ihn wiederfanden.

Dann gab es diese unerklärlichen Bauchschmerzen bei Daniel und die nachfolgende Blinddarmoperation. Es konnte nicht als selbstverständlich hingenommen werden, dass alles gut ausging.

Daniel machte seinen Eltern viel Freude. Schließlich kam der Tag, da er eingeschult wurde. Die Kinder seiner Klasse gingen mit ihrer neuen Klassenlehrerin, Frau Schwarz, in den Klassenraum, während die Eltern vor der Tür warteten. Frau Schwarz hatte sich beim Volleyballspielen am Vortag beide kleinen Finger verstaucht und hatte sie bandagiert.

Nun trat sie vor die Klasse und Daniel bekam einen Schreck. Er hatte sich mit seinen Eltern die DVDs der alten Science-Fiction-Serie „Invasion von der Wega" angesehen, in der es darum ging, dass Außerirdische von einem Planeten der Wega in Menschengestalt die Menschheit unterwanderten. Sie waren von den echten Menschen nur durch einen verkrümmten kleinen Finger zu unterscheiden.

Kein Wunder, dass Daniel mit seiner blühenden Fantasie Frau Schwarz für eine Außerirdische von der Wega hielt. Direkt, wie Kinder sind, fragte er sie:

„Bist du eine Weganerin?"

Frau Schwarz, die sich seit einem Jahr vegan ernährte und sich aus Überzeugung als Veganerin bezeichnete, antwortete:

„Ja, aber woher weißt du das?"

„Weil du deine kleinen Finger verbunden hast", gab Daniel zurück und dann brach aus ihm heraus, was ihm durch den Kopf ging: „Wirst du uns in dein Raumschiff verschleppen?"

„Was redest du denn da? Du brauchst doch keine Angst vor mir zu haben", versuchte Frau Schwarz ihn zu beruhigen, während sie mit ausgebreiteten Armen auf ihn zutrat.

Das war zu viel für Daniel. Schreiend stürzte er aus dem Klassenzimmer zu seinen Eltern.

Diese konnten alles schnell aufklären. Trotzdem hatte Daniel einen bleibenden ersten Eindruck an seiner neuen Schule hinterlassen.

Natürlich trieb Daniel Schabernack wie viele Jungs in seinem Alter. Als er sieben Jahre alt war, kaufte er sich eine lebensechte Spinne aus Plastik zum Mädchen-Erschrecken. Sein Vater ermahnte ihn noch, es nicht zu übertreiben. Als ob jemals ein Sohn so eine Ermahnung ernstgenommen hätte! Dann wollte Markus noch wissen, ob er ein besonderes Mädchen dafür vorgesehen hätte. Daniel antwortete:

„Sag ich nicht."

Na gut. Das blieb dann abzuwarten.

Es zeigte sich, dass Daniel seine Klassenlehrerin, Frau Schwarz, ins Visier genommen hatte. Die nette junge Frau hatte einen einzigen Fehler: Sie hatte Daniel einmal ungerecht behandelt.

Das Folgende hatte sich nämlich vor ein paar Tagen ereignet: Ein Mitschüler hatte während des Unterrichts eine Papierkugel geformt, im Mund zu einem schleimigen Klumpen zermatscht und diesen auf Frau Schwarz geworfen. Er hatte getroffen und Frau Schwarz hatte angewidert gekreischt:

„Iiiih! Igitt! Wie eklig! Wer von euch war das?"

Sie hatte sich umgedreht und gerade noch gesehen, wie Daniel seinen Arm sinken gelassen hatte. Er hatte sich in dem Moment am Kopf gekratzt, aber für Frau Schwarz hatte es so ausgesehen, als ob er die schleimige Papierkugel geworfen hätte. Ihr Verdacht war demnach auf den unschuldigen Jungen gefallen und der hatte eine saftige Strafarbeit aufbekommen, obwohl er alles geleugnet hatte. Eine Riesenungerechtigkeit! Warum hatte die Lehrerin nicht nach Schleimspuren an den Händen

131

der Schüler gesucht? Wahrscheinlich war sie in ihrer Aufregung gar nicht auf die Idee gekommen.

Daniel war damals zu Unrecht von Frau Schwarz bestraft worden.

Nun wollte er es ihr heimzahlen. Er baute eine Konstruktion aus Zwirnfäden, mit deren Hilfe er die Spinne auf ihren Pult ziehen konnte, als sie gerade daran saß. Es klappte und Frau Schwarz quietschte vor Schreck. Sie war aber auch wirklich leicht zu erschrecken. Das dicke Ende kam noch: Nach dem ersten Schreck erinnerte sie sich an Daniels Bewegungen in dem Augenblick, als die Spinne erschien. Der Verlauf des Fadens, an dem Daniel die Spinne hervorgezogen hatte, verwies ebenfalls auf ihn. Er war überführt. Wieder geriet er in den Verdacht, der Täter zu sein, diesmal zu Recht. Die Lehrerin gab ihm einen Brief an seinen Vater mit – am nächsten Tag unterschrieben zurückzugeben.

In dem Brief schilderte sie Daniels Streich und bat um eine Unterredung mit dem Vater. Natürlich ließ Markus sich von Daniel dessen Version der Angelegenheit vortragen. Er glaubte seinem Sohn und versprach ihm, seine Position Frau Schwarz gegenüber zu vertreten.

Im Gespräch mit Frau Schwarz brachte er also die ungerechte Behandlung Daniels zu Sprache. Das erkläre vieles, meinte er. Eine Lehrerin könne viele Fehler haben, führte er aus, aber eins verzeihe man ihr nicht: Ungerechtigkeit. Frau Schwarz musste nun die Möglichkeit, sich damals geirrt zu haben, in Betracht ziehen. Sie einigte sich mit Markus darauf, dass sie die Angelegenheit mit der Spinne nicht weiter verfolgen würde, wenn Daniel von weiteren Vergeltungsmaßnahmen absehen würde. Es funktionierte und Daniel wurde ein braver Schüler.

Markus hatte seine Mathematik-Begabung an Daniel vererbt. Bereits in der Schule zeigte sich das. Bei der Abiturfeier brachte er die Veranstalter in Verlegenheit, als er auf der Bühne gefragt wurde, ob er etwas aus der Mathematik zum Besten geben könne. Daniel bot an, einige Dezimalziffern der Zahl Pi auswendig aufzusagen. Dem

Mathematiklehrer gefiel das und er ermutigte ihn. Daniel legte los. Es zeigte sich, dass er sich sehr intensiv mit dieser Zahl beschäftigt haben musste; denn er hörte gar nicht mehr auf, Dezimalziffern herzubeten. Als irrationale Zahl hat Pi unendlich viele Dezimalstellen. Der Mathematiklehrer sah sich hilfesuchend um und der Direktor gab ein Signal, dass die Schulband langsam eine musikalische Untermalung einspielen sollte. Sie taten es und wurden dann immer lauter. Unerwartet gestaltete sich Daniels Reaktion. Er hörte nicht einfach auf, Ziffern aufzusagen, sondern versuchte, sich trotz der Musik zu konzentrieren und schloss die Augen. Dazu bewegte er sich rückwärts von der Musik weg. Dabei kam er in die Nähe der Bühnentreppe. Man versuchte noch, ihn zu warnen, aber er sah und hörte nichts mehr. Er stürzte rückwärts die Treppe hinunter.

Markus, der im Zuschauerraum saß, schickte instinktiv wieder ein Stoßgebet zu Gott.

Im Fallen drehte Daniel sich noch seitwärts, so dass seine Wirbelsäule nichts abbekam. Dafür brach er sich einen Arm und zwei Rippen. Der Kopf wurde auch verletzt. Daniel musste für eine Weile ins Krankenhaus.

Dort lernte er eine Schwesternschülerin namens Sofia kennen. Einmal fragte er sie:

„Warum muss ich noch so lange hierbleiben?"

Sofia antwortete:

„Wir müssen sicherstellen, dass dein Gehirn durch die Kopfverletzung keinen Schaden genommen hat."

„Mache ich denn einen derart gestörten Eindruck?", wollte Markus wissen.

„Nein, so schlimm ist es nicht. Du bist ganz okay", lachte Sofia. „Trotzdem kannst du Schäden haben, die wir noch nicht festgestellt haben."

„Na gut", gab Markus sich geschlagen und fügte hinzu: „Du musst dir sicher allerlei Dummheiten von den Patienten anhören."

„Es geht schon. Wir können Dummheit zwar nicht heilen, aber die Dummen ruhigstellen."

„Ach, übrigens, hier ist dein Kugelschreiber, den du mir geliehen hast."

„Danke. Wenn ich ihn am Feierabend nicht gehabt hätte, wäre ich mir nicht sicher gewesen, ihn nicht irgendwo als Rektalthermometer verwendet zu haben."

Sie blödelten gern miteinander herum. Daniel erlaubte ihr, an seinen Armen das Blutabnehmen zu üben. Das hatte sie nötig, da sie die Venen nicht fand. Bald waren seine Arme ganz zerstochen, aber Sofia wurde besser.

Daniel blieb mit Sofia auch nach seiner Entlassung in Kontakt. Sie wurde ihm eine gute Freundin.

Markus war dankbar, dass die Sache mit dem Sturz so gut ausgegangen war. Ob es nun Gott war, der alles zum Guten gewendet hatte, oder das Schicksal, wusste er nicht. Seit der Kairos sich entfaltet hatte, war ihm das Glück hold. Sicher, den

Schreck mit dem Sturz hätte er sich nicht gewünscht, aber das Wichtigste blieb doch, dass auch solche Unglücksfälle gut ausgingen. Den Kairos brachte er mit seiner Mutter in Verbindung. Ein Gefühl der Dankbarkeit erfüllte ihn.

Daniels Kontakt mit Sofia endete abrupt, da sie viel zu früh starb. Sie bekam Krebs und erlag ihm ein Jahr später mit gerade einmal 18 Jahren. Daniel konnte es nicht fassen. Er würde sie nie vergessen und beklagte sich bei seinem Vater:

„Das ist doch ungerecht! Sofia hatte gar keine Gelegenheit, sich in einem guten Leben zu beweisen."

Nachdem er eine Weile nachgedacht hatte, sagte Markus:

„Wir bekommen unser Schicksal zugeteilt. Wer weiß, was Sofia zugestoßen wäre, wenn sie länger gelebt hätte. So wie ich das deinen Erzählungen entnommen habe, hat sie doch ein recht glückliches Leben geführt. Man sollte dafür dankbar sein und nicht mehr wollen, als einem gegeben wird."

Abends vor dem Schlafengehen führten Vater und Sohn zuweilen tiefgründige Gespräche. So konnte es nicht ausbleiben, dass Daniel seinen Vater eines Abends fragte:

„Papa, was ist eigentlich der Sinn des Lebens?"

Markus antwortete:

„Diese Frage stammt noch aus einer Zeit, als die Menschen sich einbildeten, Antworten auf alles zu haben. Damals wurde gern die Erlangung des ewigen Lebens als Lebensziel genannt. Weltlicher ausgerichtete Menschen hielten die Fortpflanzung für den Sinn des Lebens. Heute ist man sich seiner geistigen Unzulänglichkeit bewusst geworden und weiß, dass man gar nicht genug Informationen hat, um diese Frage beantworten zu können.

Vertrau stattdessen darauf, dass es diesen unbekannten Sinn des Lebens gibt und tu dein Bestes, dein Leben so zu führen, dass du bei ehrlicher Betrachtung sagen kannst, du hättest alles richtig gemacht!

Natürlich gibt es auch tragisch Konflikte, bei denen es keine richtige Lösung gibt. Dann vertrau auf die Liebe!"

Richtig zufriedengestellt fühlte der Sohn sich durch diese Antwort nicht. Er protestierte:

„Das ist doch nur leeres Gerede. Typisch Erwachsenenkram!"

Einen Versuch unternahm Markus noch:

„Du bist doch viel im Star-Trek-Universum unterwegs und kennst den Kobayashi-Maru-Test. Er testet das Verhalten der Kadetten in ausweglosen Situationen. Sieh es mal so: Das Leben ist wie ein Kobayashi-Maru-Test. Wir gehen alle zugrunde – jeder von uns zu seiner Zeit – und haben keine Chance, irgendetwas daran zu ändern. Es kommt nur darauf an, den Test mit Haltung zu bestehen. Die Musiker auf der sinkenden Titanic haben sich in einer ähnlichen Situation vorbildlich verhalten. Das in etwa können wir für uns anstreben, wobei wir im Gegensatz zu den getesteten

Kadetten noch die heimliche Hoffnung haben dürfen, dass unser Tod nicht vergebens ist."

Daniel spürte, dass sein Vater sich nun richtig Mühe gegeben hatte und nervte ihn nicht mehr.

„Danke, Papa", murmelte er.

Nach dem Abitur wollte der Sohnemann als Rucksacktourist die Welt umrunden. Eines Abends teilte er es seinen Eltern mit. Diese bekamen einen ordentlichen Schreck. So friedlich war die Welt nun nicht gerade, dass eine derartige Unternehmung ungefährlich wäre. Sie wollten es ihm ausreden und diskutierten lange miteinander. Am Ende mussten die Eltern einsehen, dass sich ihr Sohn nicht mehr bevormunden ließ. Er wollte seine eigenen Entscheidungen treffen. Keine elterlichen Vorschriften mehr! So fügten sich seine Eltern in das Unvermeidliche und gaben ihr Placet. Auf diese Weise konnten sie wenigstens in Frieden schlafen gehen.

„Schlaf gut, Daniel!", rief Angelika ihrem Sohn noch hinterher, der sich schon auf den Weg zu seinem Schlafzimmer gemacht hatte.

„Hör auf, mir zu sagen, was ich tun soll!", rief jener zurück.

Da die Eltern sich nun nicht mehr zu mucksen wagten, brach Daniel bald danach zu seiner Reise auf. Die Eltern ließen ihn besorgt ziehen. Ein paar Gebete für seine gesunde Rückkehr sandten sie schon noch gen Himmel.

Glücklicherweise kehrte er tatsächlich gesund zurück und hatte sogar noch ein Mädchen im Schlepptau. Sie hieß Céline und war eine Französin, die er unterwegs getroffen hatte. Sie hatte genau dasselbe gemacht wie er: die Welt erkunden. Sie waren sich bei den verschiedenen Locations immer wieder begegnet, die alle die jungen Leute, die mit einem Rucksack die Welt umrundeten, auf der Liste hatten. Eigentlich merkwürdig: Da macht man sich auf, die Fremde zu erkunden, und dann trifft man immer wieder auf bekannte Gesichter.

Nach ein paar Begegnungen hatten sie sich gekannt, dann ihre Routen gemeinsam besprochen und beim Bungee-Springen am Grand Canyon waren sie gemeinsam gesprungen. Danach waren sie unzertrennlich.

Die Eltern begrüßten Céline herzlich und freuten sich, dass ihr Sohn wohlbehalten wieder da war.

Daniel und Céline blieben noch mehrere Wochen zusammen bei Daniel zu Hause und hielten danach den Kontakt auch, als Céline sich wieder mal zu Hause blicken lassen musste. Abwechselnd besuchten sie sich gegenseitig, bis sie sich ihrer Gefühle füreinander sicher waren: Sie liebten sich.

Nun reisten sie wieder miteinander. Nachdem sie schon die Welt umrundet hatten, erkundeten sie jetzt die Umgebung ihrer Heimatorte, bis sie auf einen Platz trafen, wo sie sich ein Nest bauen und eine Familie gründen wollten. Die beiden hatten anfangs englisch miteinander gesprochen, aber Daniel lernte schnell die französische Sprache und Céline die deutsche. Sie bekamen ein Töchterchen, das sie Brigitte nannten, ein Name, der sich sowohl auf Deutsch als auch auf Französisch aussprechen ließ. Da ihr Nest in Deutschland lag, benutzten sie meist die deutsche Aussprache, ließen das Mädchen aber zweisprachig aufwachsen. Markus und Angelika freuten sich über ihr Enkelkind und darüber, dass die drei nicht gar so weit entfernt wohnten.

Viele Dankgebete konnte Markus noch zu Gott senden. War er jetzt doch noch religiös geworden? Er verspürte Dankbarkeit für all die guten Ausgänge, nicht zuletzt auch Dankbarkeit, dass er damals vor dem Selbstmord bewahrt worden war. Wem dankte er? Wirklich Gott? Er wusste es nicht. Musste man diese übernatürliche Macht mit einem Namen belegen? Es war eigentlich nicht nötig und vereinfachte doch alles. Er spürte jedenfalls, dass ihm nach jenem entscheidenden Heiligabend mit dem Kairos, der sein Leben geändert hatte, immer wieder eine unerklärliche

Gnade zuteilgeworden war und war dankbar dafür.

Er erinnerte sich an den Segen seiner Mutter. Konnte es sein, dass alles sich zum Guten wandte, seit er gesegnet war? Letztlich half ihm der Glaube an den Segen, dessen Kraft er jetzt immer mehr verspürte, mit den Widrigkeiten des Alltags fertigzuwerden.

Wenn er sich auch nicht autorisiert fühlte, seinen Sohn selbst zu segnen, so wollte Markus ihn doch immerhin in die Nähe eines gesegneten Ortes bringen. So fuhren sie alle drei zu einem namhaften Wallfahrtsort, dessen Name hier nicht genannt werden soll. Sie hatten als Zeitpunkt der Fahrt ein Wochenende ausgesucht, das in ihrem Terminkalender noch frei war. Der Zeitpunkt war also ziemlich willkürlich. Umso erstaunter stellten sie fest, dass sie gerade zum Patronatsfest der Pilgerstätte ankamen. Konnte das Zufall sein, oder war es Fügung? Sie reihten sich in die Schar der Pilger ein und empfingen den zu diesem Anlass gespendeten Segen. Markus hoffte, dass der Segen für seinen Sohn genauso wichtig werden würde wie der Segen seiner Mutter für ihn.

Ein Gefühl der tiefen Dankbarkeit durchströmte ihn. Nicht nur, dass es ihm materiell gut ging, erfreute ihn, nein, eine allgemeine Lebensfreude hatte ihn erfasst. Es war ihm vergönnt, sich an kleinen Augenblicken zu freuen. Das konnte ein Sonnenstrahl sein, ein erfrischender Lufthauch, ein warmer Ofen, Ausschlafen am Wochenende, dabei noch im Bett liegenbleiben, ein Waldspaziergang, das Zwitschern eines Vogels, die Sichtung eines Rehs, nachts die Sterne oder der Mond mit seinem silbrigen Licht, die Melancholie eines Landregens, Erinnerungsblitze aus der Kindheit, tausend kleine Dinge, die er geschenkt bekam, statt sie nicht zu bekommen, und die er bewusst würdigte. Dazu kamen die großen Gefühle: die Liebe, die Zeit mit seiner Frau und seinem Sohn, Feste und Feiern, auch Gespräche mit Freunden und Kollegen.

Er gelangte zu jener Geisteshaltung, die Epikur als die katastematische Lust, die durch die innere Haltung bewirkte Lust, bezeichnet hatte. Zu dieser Abgeklärtheit gehörte auch, dass er ein unbestimmtes Gefühl des Vertrauens entwickelt hatte, dass alles irgendwie gut ausgehen werde. Es handelte sich damit fast um ein Gottvertrauen und ging damit über die materialistische Philosophie Epikurs hinaus.

Wenn er sich jetzt an die düsterste Stunde seines Lebens erinnerte, da er aus dem Leben scheiden wollte, konnte er kaum noch glauben, dass er damals all das hatte wegwerfen wollen.

Zugleich war er sich dessen bewusst, dass es keine Garantie für dieses Glück, das er jetzt genoss, gab. Zu dem Glück gab es eine Zugabe: die Verlustangst. Der Verlust des Glückes drohte jederzeit. Ihn beschlich das unbestimmte Gefühl, dass mit jedem Stück Glück, das ihm zuteilwurde, die Wahrscheinlichkeit stieg, wieder Unglück zu haben. Schiller besang die Bedrohlichkeit fortwährenden Glückes im „Ring des Polykrates". Daran musste Markus jetzt denken.

Er hatte sein Glück zu schätzen gelernt und hatte Angst vor einem neuerlichen

Umschwung, konnte er doch wieder in eine Pechsträhne geraten. Er hatte es schließlich erlebt! Wie zerbrechlich ist doch unser Leben! Aber etwas würde ihm bleiben: dass er das Glück und die Gnade hatte kennenlernen dürfen. Jetzt würde ihm immer die Hoffnung auf Glück bleiben und das Wissen, dass eine höhere Macht es gut mit ihm meinte, außerdem die Demut zu erkennen, dass sein Schicksal nicht festgeschrieben war, sondern ungewiss wie ein Blatt im Wind.

Noch aber blieb ihm das Glück gewogen.

Ob man etwas als Glück erkennt oder nicht, bleibt natürlich Ansichtssache. Markus sollte diesbezüglich auf die Probe gestellt werden.

Ben

Angelika und Markus beschlossen, noch ein zweites Kind zu bekommen. Es war zwar jetzt schon recht spät, aber medizinisch gesehen nicht zu spät. Indes musste man mit einer Problemschwangerschaft rechnen. Trotzdem ging es die meiste Zeit gut. Erst ganz am Schluss setzte die Katastrophe ein: Die Nabelschnur hatte sich um den Hals des Ungeborenen gewickelt und drohte, ihn zu erdrosseln. Man leitete sofort einen Kaiserschnitt ein. Mutter und Kind konnten gerettet werden, aber der Junge hatte durch den Sauerstoffmangel einen Gehirnschaden erlitten. Er würde für sein ganzes Leben geistig behindert bleiben.

Markus und Angelika tauften ihn Ben. Ihre Trauer über die Behinderung Ihres Sohnes wurde durch die Freude überdeckt, dass er am Leben war. Sie liebten ihn als genau den Menschen, der er war. Es war gut so, wie es war. Die Verwicklung der Nabelschnur kam von Gott wie seinerzeit der Kairos. Sie waren glücklich, dieses Kind geschenkt bekommen zu haben und überschütteten Ben mit Liebe. Das war auch nötig; denn seine Pflege verlangte ihnen alles ab.

Als Ben größer wurde, mussten seine Eltern Pflegeeinrichtungen finden, in denen er auch mit Gleichaltrigen zusammen sein konnte. Hier kam er in den Genuss von maßgeschneiderten Fördermaßnahmen für geistig behinderte Kinder und fachlicher Betreuung in Gruppen. Das Schönste aber war, dass Ben glücklich in der Gesellschaft der anderen Kinder zu sein schien. Wenn er lachte, ging seinen Eltern das Herz auf.

Morgens brachte Markus Ben mit dem Auto zu der Einrichtung, in der Ben sich so wohlfühlte. Nachmittags holte er ihn wieder ab. Er fragte ihn dann immer, wie es ihm ergangen war und Ben erzählte stockend, was ihm einfiel. Er durchlebte die vergangene Zeit noch einmal und erinnerte sich an viele Details. Zu Hause angekommen, begrüßte ihn seine Mutter:

„Hallo, Ben!"

„Hallo, Mama", antwortete Ben und fiel ihr um den Hals. Nach nur einem halben Tag der Abwesenheit schien es, als kehrte er von einer Weltreise zurück. So ging es jeden Tag und es wurde ihnen zur Gewohnheit. Auch seine Mutter befragte ihn noch einmal nach seinen Erlebnissen und auch ihr erzählte Ben alles. Er wurde dabei nicht ungeduldig, sondern freute sich, dass man sich für ihn interessierte.

Die Verwandten und Bekannten besuchten Ben oft und brachten ihm kleine Geschenke mit, über die er sich ausgelassen freuen konnte. Einmal bekam er eine Tafel Schokolade, die er auf den Tisch legte. Als der Besuch schon eine Weile weg war, fragte Angelika, wo denn die Tafel geblieben wäre.

„Hab sie aufgegessen" gab Ben bereitwillig Auskunft.

„Ist das nicht ein bisschen viel auf einmal?", meinte Angelika besorgt. „Und außerdem hättest du uns ruhig etwas abgeben können."

Da hatte Ben etwas gelernt und bereute sofort, es nicht früher gewusst zu haben. Er kletterte auf den Tisch, legte sich darauf und sagte:

„Jetzt liegt die Schokolade wieder auf dem Tisch. Sie ist ja in meinem Bauch."

Angelika lachte:

„Na, dann werde ich gleich mal davon probieren."

Damit zog sie Bens Hemd hoch und begann scherzhaft an seinem Bauch zu knabbern. Das kitzelte und auch Ben lachte aus vollem Halse. Die laute Alberei schreckte Markus auf. Er kam herein und machte ein Erinnerungsfoto.

Anschließend spielten sie dann zu dritt im Haus. Oft tollten sie auch im Garten herum oder gingen spazieren. Dabei sahen sie manchmal Hunde, die an der Leine geführt wurden. Irgendwann fragte Ben seinen Vater:

„Papa, warum müssen die Hunde an der Leine laufen?"

„Das liegt daran, Ben, dass Hunde gern jagen. Sie würden die kleinen Tiere des Waldes erschrecken."

„Aber in der Natur würden sie das doch auch tun. Warum hält man sie überhaupt gefangen?"

Markus erklärte ihm das Zusammenleben von Mensch und Hund. Dabei merkte er, dass Ben mit seiner einfachen Art ein viel größeres Mitgefühl für die Hunde aufbrachte als die meisten Menschen. Er durfte manchmal mit Therapiehunden spielen, was ihm großen Spaß machte. Trotzdem tat es ihm leid, dass diese Hunde nicht in Freiheit leben konnten. Er hatte gelernt, dass Hunde mit den Wölfen verwand waren, die frei die Wälder durchstreiften. Die Hunde, die er lieb gewonnen hatte, durften das nicht. Er erzählte seinem Vater davon. Der staunte über die Empathie seines Sohnes. Nicht viele Menschen brachten dieses Mitgefühl auf. Neue Sichtweisen taten sich ihm auf. Er hatte etwas von seinem Sohn gelernt.

So geschah es öfter: Ben war zu tieferen Emotionen fähig als die meisten jener Menschen, die sich für „nicht behindert" hielten und doch in mancher Hinsicht zu weniger fähig waren als Ben. Markus bekam immer wieder Gelegenheit, an Bens Gefühlsleben teilzuhaben. Er fühlte sich dadurch bereichert und glücklich.

Ben brauchte mehr Liebe und Zuwendung als die meisten seiner Altersgenossen und er bekam sie auch. Nicht nur von den Menschen, sondern auch von Gott. Wie oft hatte der Junge schier unglaubliches Glück, einer Gefahr zu entrinnen! Und was für ein sonniges Gemüt war ihm geschenkt worden. Jeden verzauberte er mit seiner unerschütterlich guten Laune. Markus genoss jede Sekunde mit Ben.

Abends brachten die Eltern Ben gemeinsam ins Bett. Vor dem Einschlafen erzählte Markus ihm noch eine Gute-Nacht-Geschichte.

Eines Abends sagte Ben am Schluss:

„Ich hab dich lieb, Papa."

Ben konnte sich nur schwer artikulieren. Umso ehrlicher klangen die Worte aus seinem Mund. Aus seinen Augen schien die

Liebe, eine Liebe so rein und aufrichtig, wie die meisten Menschen sie sich kaum vorstellen konnten. Markus kamen die Tränen. Gerührt antwortete er:

„Ich hab dich auch lieb, Ben."

Dann löschte er das Licht.

Es war wundervoll. Immer noch konnte Markus sich als glücklich bezeichnen. Der nächste Schicksalsschlag ließ indes nicht lange auf sich warten. Eine weitere Prüfung sollte auf sie zukommen.

Bei Ben wurde eine Niereninsuffizienz festgestellt. Er musste regelmäßig zur Dialyse, was er mit großer Geduld hinnahm. Markus brachte ihn hin, wartete dort und nahm ihn wieder mit. So oft, wie es eben nötig war. Markus freute sich über diese gemeinsame Zeit mit seinem Sohn. Außerdem tat es ihm gut, gebraucht zu werden. Angelika spürte das und hielt sich aus dieser Sache heraus, außer wenn es nicht anders ging.

Das funktionierte gut, konnte aber keine Lösung auf Dauer sein. Irgendwann würde Ben eine Nierentransplantation brauchen.

Das Problem bestand darin, dass es kaum Spenderorgane gab. Die Warteliste war so lang, dass sie nicht in absehbarer Zeit damit rechnen konnten, eine Niere für Ben zu bekommen. Markus ließ sich untersuchen, ob er nicht vielleicht selbst eine Niere an seinen Sohn spenden könnte. Es zeigte sich, dass er geeignet war.

Er freute sich nachträglich umso mehr, dass er sich damals nicht umgebracht hatte, so dass seine Niere jetzt zur Verfügung stand. Die Operation dauerte lange, verlief aber erfolgreich. Ben konnte nun ohne Dialyse weiterleben. Er führte ein glückliches Leben.

Eines Tages verliebte sich Ben – schon ein junger Mann – in eine junge Frau. Die Auserwählte hieß Marion. Ben hatte sie in den Behindertenwerkstätten kennengelernt. Sie hatte bei einem Tauchunfall einen Herzstillstand erlitten und war wiederbelebt worden, wobei leider das Gehirn schon Schaden genommen hatte.

Beide harmonierten fantastisch miteinander. Sie heirateten und lebten bei Markus und Angelika, die in ein eigenes Haus gezogen waren. Ben und Marion bekamen eine Tochter, Luise, die nicht behindert war. Markus und Angelika halfen dem jungen Ehepaar, so gut sie konnten, das Mädchen aufzuziehen. Ben und Marion wiederum schenkten ihrer Tochter alle Liebe, die man sich nur wünschen kann. Luise wurde zu einem lebensfrohen Teenager und sie konnte bald ihren Eltern mehr helfen als die ihr.

Das Alter

Markus war mit seinem Leben zufrieden. Er fühlte sich im Einklang mit dem Universum und hatte sein Gottvertrauen gefestigt. Einige Höhen und Tiefen hatte es in seinem Leben gegeben, aber alles hatte letztlich immer einen guten Ausgang genommen. Je älter er wurde, desto mehr fügte sich eins ins andere. Eigentlich eine Ironie des Schicksals: Wenn das Leben endlich reibungslos funktionierte, war es auch schon fast wieder zu Ende. Zu Angelika sagte er:

„Schade, dass das Leben immer kürzer wird, je länger man lebt. Es scheint, als ob das ganze Leben nur ein Augenblick war."

Angelika wandte ein:

„Das ist doch ein Geschenk: Du erinnerst dich an dein Leben, als wäre es eine kurze Episode. Dabei hattest du es damals fast nicht mehr ertragen und wolltest dich umbringen. So etwas will man doch vergessen!

Ich hoffe, du wirst dein Leben bis zum Ende leben, egal, wie es sich entwickelt."

„Ich glaube schon", stimmte Markus zu. „Jedenfalls würde ich mich nicht wieder erschießen wollen."

„Und wie würdest du es stattdessen bewerkstelligen?", wollte Angelika wissen.

„Ich würde mir Pentobarbital spritzen", antwortete Markus mit ernster Miene.

„Lass das bitte sein!", mahnte Angelika.

„Keine Angst!", beruhigte er sie. „Wenn ich nicht physisch überfordert werden sollte, beabsichtige ich, bis zum Ende durchzuhalten. Ich kann dich doch nicht allein zurücklassen."

„Na, da bin ich aber froh. Ich wüsste nicht, was ich ohne dich tun sollte", antwortete Angelika. „Komm aber nicht auf die Idee, mich bei einem Freitod mitzunehmen!"

„Würde ich nie tun. Die Entscheidung zu sterben muss jeder von uns selbst treffen. Und ich werde noch nicht einmal für mich selbst diese Entscheidung treffen."

Den Vorsatz hielt er durch, auch wenn es nicht leicht werden sollte. Er und seine Angelika erreichten das Rentenalter kurz nacheinander. Nun gingen sie alles etwas ruhiger an.

Gern hätte Markus darauf verzichtet, aber er traf Roland wieder. Dieser hatte in der Politik Karriere gemacht, war aber über die Lokalpolitik nicht hinausgekommen. So beschäftigte er sich mit der Leitung der städtischen Rentenbehörde. Markus, der seinen Rentenbescheid anfechten wollte, landete schließlich in seinem Büro.

„Na, wie geht's dir denn, altes Haus?", begrüßte Roland Markus strahlend, als der sein Büro betrat.

Der fiel auf das Politikergetue nicht herein und antwortete:

„Es würde mir besser gehen, wenn deine Behörde mir keine falschen Bescheide schicken würde."

Roland machte gutes Wetter:

„Keine Sorge, das kriegen wir schon hin. Wusstest du eigentlich, dass du einer meiner ältesten Freunde bist?"

Markus verschlug es die Sprache vor Erstaunen. Am liebsten hätte er gesagt:

„Ich glaube nicht, dass wir überhaupt Freunde sind."

Das verkniff er sich. Freundschaft ist nicht immer symmetrisch. Vielleicht bildete Roland sich tatsächlich ein, dass sie Freunde wären. Er gehörte zu jenen Menschen, die gar nicht merken, wenn sie anderen auf die Füße treten. Immerhin waren sie so etwas wie langjährige Weggefährten. Vielleicht hatte er das auch einfach nur so dahingesagt. Vielleicht hatte er gar keine Vorstellung, was Freundschaft ist. Vielleicht aber hatte auch er, Markus, eine falsche Vorstellung.

Ihm fiel ein, wie unzuverlässig er sich in seinen schlimmsten Zeiten seinen Freunden gegenüber benommen hatte. Hatte er das Recht, Maßstäbe für Freundschaft zu setzen? Er riss sich zusammen und sagte:

„Ja, wir sind alte Freunde, aber das ändert nichts an meinem Anliegen."

„Mann, du bist aber hartnäckig", gestand Roland ihm zu.

Wenn Roland Markus' Kampfgeist mit seinem Gerede von Freundschaft schwächen wollte, so hatte das nicht funktioniert. Markus fühlte sich nicht im geringsten durch irgendwelche freundschaftlichen Gefühle gebunden. Das fehlte noch! Er wollte nur seine Angelegenheit besprechen.

Sie diskutierten die Angelegenheit durch und Roland wollte wieder auf der Schiene mit den vollendeten Tatsachen fahren: Der Bescheid sei nun einmal da und so schlecht sei er ja nicht. Es könne weit schlimmer ausgehen. Eine versteckte Drohung?

So leicht ließ sich Markus nicht einschüchtern. Er brachte seine Argumente vor und schließlich einigte man sich auf einen Kompromiss.

„Du bist wirklich eine harte Nuss", bemerkte Roland zum Abschied und Markus entgegnete:

„Ich bestehe nur auf meinem Recht, aber um das Recht hast du dich ja nie gekümmert."

Sie sollten sich nicht wiedersehen.

Zu Hause erzählte Markus Angelika von der Begegnung. Die tröstete ihn:

„Mach dir nichts draus, dass der Kerl Karriere gemacht hat. Das ist doch nur ein blöder Fatzke."

„Ja", stimmte Markus zu. „Die Erfolge dieser Welt sind nur Schall und Rauch. Wichtiger, als Erfolg zu haben, ist, sich selbst treu zu sein. Da habe ich mich nie verbiegen lassen."

„Richtig", bestätigte ihm Angelika. „Du bist du. Du bist immer deinen Weg gegangen und hast die Dinge auf deine Weise getan. You did it your way. Das zählt mehr als sich hochzuschleimen."

Eigentlich fühlte Markus sich nicht wirklich alt. So ist das, wenn man sich täglich im Spiegel sieht. Man merkt nicht, dass man altert. Sicher, er fand sich jetzt öfter bei Ärzten wieder als früher, und er hatte Gründe dafür: Dies und das sorgte für Beschwerden.

Ganz klar wurde ihm, dass er alt war, als in einem überfüllten Bus eine junge Dame aufstand und ihm ihren Sitzplatz anbot. Er konnte es erst gar nicht glauben und antwortete der freundlichen Dame lachend:

„Vielen Dank, aber ich bin noch nicht so alt, wie ich aussehe."

Die junge Dame erwiderte:

„Das macht nichts. Ich stehe gerne."

Markus glaubte zunächst, das Angebot nicht annehmen zu dürfen. Er konnte doch nicht zulassen, dass eine Dame für ihn aufstand. Dann wurde ihm klar, dass diese Einstellung im Ansatz sexistisch war. Wenn es der jungen Dame Freude machte, ihm ihren Platz anzubieten und er tatsächlich auf die Dauer nicht gut stehen konnte, gab es eigentlich keinen Grund, nicht einzuwilligen. Also nahm er den Platz an und dankte der jungen Dame freundlich.

Jetzt wusste er es: Er war alt.

Die Zeit schritt fort Richtung Ende. Auch Lucy und Albert traf er noch einmal wieder. Jetzt, am Ende seines Lebens, meinte Lucy zu ihm:

„Siehst du, du hast ein gutes Leben gelebt und dich Lindas Erbes als würdig erwiesen. Ich freue mich darüber."

Markus, Angelika, Lucy und Abert verbrachten einen schönen Abend mit Erinnerungen an die alten Zeiten.

Irgendwie spürte Markus das Bedürfnis, sich noch einmal der Welt mitzuteilen. Er fing an, einen Roman zu schreiben. Es ging um einen alternden Herrn auf dem Lande, der noch einmal in die Welt ziehen wollte. Meinte er sich selbst damit? Eigentlich trieb ihn nichts in die Ferne. Andererseits fragte er sich schon, wie es wäre, als fahrender Ritter durch die Lande zu ziehen. Er würde den Ruhm seiner schönen Angelika verkünden und Bösewichter bekämpfen.

Dann wurde ihm klar, dass es das alles schon gab. Er hatte in seiner Jugend mit Begeisterung die Abenteuer von Don Quijote gelesen. Seinen eigenen Entwürfen fehlte indes das Komische des Originals, was dieses um Klassen besser machte als seine eigenen Ergüsse. Andererseits spielte sein Roman in der Gegenwart, was ihn einmalig machte. Aber auch absurder. Lustlos schloss er seine Arbeit ab und wandte sich einem neuen Roman zu. Dieser wirkte wie die Memoiren des alternden Casanova. Unschlüssig, ob er so etwas wirklich schreiben sollte, zeigte er Angelika, was er bisher hatte. Sie ermutigte ihn weiterzumachen.

So hatte er denn bald zwei Romane fertiggestellt. Als er sie veröffentlichen wollte, stellte er fest, dass kein Verlag sie wollte. Sie würden sich nicht verkaufen lassen, teilte man ihm mit. Nun gut, dann wandte Markus sich eben online an eine Self-Publishing-Plattform. Da konnte er seine Werke publizieren und der Verkauf würde sein Problem bleiben.

Die Veröffentlichung klappte, der Verkauf verlief jedoch enttäuschend. Da hatten die Verlage also nicht gelogen. Markus sagte sich, dass er ja selbst Freude am Schreiben hätte und die Leser dazu nicht brauchte. Trotzdem wurmte es ihn, dass irgendwelche unbedeutenden Machwerke berühmter Personen reißenden Absatz fanden, während niemand sich für seine Bücher interessierte.

Es hing offenbar alles vom Namen des Autors ab. Daher entschloss er sich, seinen nächsten Roman unter dem Namen eines berühmten Sängers herauszubringen. Im Vorwort gestand er seine Täuschung ein und klassifizierte sein Buch als eine Parodie auf den Künstler. Es handelte sich tatsächlich um fingierte Geständnisse des Künstlers, die Markus mit Rückgriff auf dessen Lebenslauf frei erfunden hatte.

So etwas geht natürlich gar nicht. Was hatte Markus sich nur dabei gedacht? Wahrscheinlich hatte er sich eingeredet, diese Prominenten freuten sich über jede Publicity, ob erfunden oder nicht. Außerdem gab es nichts Illegales in der Erzählung, tröstete er sich. Ein schlechtes Gewissen hatte er dennoch, aber da war es zu spät.

Das Buch verkaufte sich gut, aber natürlich gab es ein juristisches Nachspiel. Der Künstler – der Name soll hier nicht genannt werden – verklagte Markus. Natürlich hatte die Klage Erfolg und Markus wurde zu einer saftigen Geldstrafe verurteilt. Außerdem musste er selbstverständlich Schadensersatz leisten. Die Sache ging durch die Presse, was wiederum dazu führte, dass auch Markus bekannt wurde und seine anderen Bücher jetzt doch etwas mehr nachgefragt wurden.

Finanziell blieb es mehr oder weniger bei einem Nullsummenspiel, aber um Geld war es ihm nie gegangen. Er ließ Gras über die Sache wachsen. Irgendwann kamen er und Angelika endgültig zur Ruhe.

Die Zeit verging. Schließlich mussten sie in ein betreutes Heim ziehen. Daniel und Ben besuchten sie dort regelmäßig. Das Ehepaar hatte das Glück, die letzten Jahre ihres Lebens gemeinsam verbringen zu können.

Das Alter forderte seinen Tribut. Markus wurde schwer krank. Gleich mehrere Leiden plagten ihn und es wurde bald klar, dass er in diesem Leben nicht mehr gesund werden würde. Dennoch erduldete er sein Dahinsiechen geduldig und betäubte seine

Schmerzen mit Medikamenten. Der Freitod schien jetzt verlockend und hätte vielleicht sogar als vernünftig gelten können, aber Markus glaubte, diesen Weg nach seinem bisherigen Schicksal nicht wählen zu dürfen. Er hatte den Auftrag erhalten, sein geschenktes Leben bis zum letzten Tag zu leben.

Eine innere Ruhe durchströmte ihn. Der Himmel hatte sich bezogen, Regen lag in der Luft, es wurde dunkel. Markus machte kein Licht an, sondern blieb im Dunkeln sitzen und ließ seine Gedanken schweifen. Der Himmel hatte eine schmutzig-gelbe Farbe angenommen und ferner Donner grollte. Fast wirkte die Welt etwas feindselig. Wollte sie ihm sagen, dass es Zeit sei zu gehen?

Dann setzte der Regen ein. Mit sanfter Melancholie beruhigte sich der Himmel. Nur das Pladdern der Regentropfen blieb von der Welt. Wie beruhigend! So pladderte der Regen schon in seiner Kindheit, während er sich behütet fühlte. Ähnlich erging es ihm jetzt: Er brauchte keine Angst zu haben, es würde alles vorübergehen, während die Welt weiterbestehen würde.

Ja, er fühlte das Ende nahen. Worüber er sich wunderte: In seiner Jugend hatte er Angst vor dem Tod gehabt – jetzt nicht mehr. Der junge Mensch steht am Anfang seines Lebens und ist vorwärtsgewandt. Er erwartet so viel von seinem Leben, will die Welt verändern. Das will er sich um keinen Preis entgehen lassen. Der ältere Mensch hat sein Leben hinter sich und ist rückwärtsgewandt und desillusioniert. Die meisten von uns müssen erkennen, dass sie die Welt nicht verändert haben. Man weiß, dass nicht mehr viel kommt, dass überhaupt das ganze Leben überschaubar geworden ist. Man spürt, wie endlich es ist, wie entbehrbar. Nunmehr erwartet man nichts mehr vom Leben und kann dem Tod gelassen entgegensehen. Wie weise doch alles eingerichtet war: das Leben als Vorbereitung auf den Tod.

Markus wusste, dass es überflüssig war, aber wollte seiner Nachwelt noch seine Lebensgeschichte hinterlassen. Also begann er, seine Autobiographie zu schreiben. Er konzentrierte sich aufs Wesentliche und gelangte in überschaubarer Zeit ans Ende. Nur: Wie sollte er das Buch jetzt abschließen? Er konnte doch nicht seinen Tod im Voraus beschreiben! Während er noch überlegte, nahm ihm das Schicksal die Entscheidung aus der Hand.

Ein letztes Mal hatte er Glück. Es war ein angenehmer Abend nach einem erfüllten Tag. Daniel und Ben mit ihren Familien waren zu Besuch gewesen. Der Abend gestaltete sich harmonisch. Nachdenklich betrachtete er seine Frau: dieses liebe Gesicht mit den kleinen Fältchen, die ihr gemeinsames Leben widerspiegelten. Es war ein schönes Leben mit ihr gewesen. Er liebte sie und sagte ihr das.

Sie gingen zu Bett. Gut gelaunt schlief er neben seiner Frau ein und wachte am nächsten Morgen nicht mehr auf. Es muss wohl ein Hirnschlag im Schlaf gewesen sein. Markus hatte sein Ableben nicht gespürt.

So sah es jedenfalls für seine Mitmenschen aus. Sie konnten nicht mitbekommen, wie Markus noch in jenem Zustand zwischen Leben und Tod verharrt hatte, von dem eine Rückkehr im Prinzip möglich war. Manchen gelingt das und sie erzählen dann von Nahtoderfahrungen. Die meisten aber akzeptieren ihren Tod und gehen weiter.

Diese Zwischenstation ermöglicht also eine letzte Korrektur für die, die noch nicht bereit für die nächste Stufe sind. Man könnte es für eine Art Fegefeuer halten.

Markus hatte, obwohl eigentlich nicht mehr bei Bewusstsein, das Erlebnis, dass er glaubte, seinen Körper verlassen zu haben und über seinem Bett zu schweben. Während er da im Ungewissen verweilt hatte, war plötzlich ein übernatürliches Licht am Ende des Raumes erschienen. Er hatte sich an die Worte seiner Mutter während des Kairos erinnert: „Wir sehen uns im Licht."

Seine Gedanken waren schon nicht mehr von dieser Welt. Er erkannte:

Das musste es sein, das Licht, von dem seine Mutter gesprochen hatte. Dort würde er sie wiedersehen.

Zuversichtlich ging er in das Licht und wechselte friedlich in jene andere Welt hinüber, von der er sich zu seinen Lebzeiten kein Bild hatte machen können.